KB129702

이렇게 사업하면
절대
망하지 않는다.

 **CONTENTS**

 제1장 사업을 시작하기 전에

제2장 사업 전에 준비하고 알아두면 좋은 것들

이렇게 사업하면
절대
망하지 않는다.

신 철 진 지음

HAUM
하 움 출 판 사

제3장 내가 먼저 도덕성과 실력을 갖춰야 한다

 제4장 좋은 업체와 그렇지 않은 업체를 잘 구별할 줄 알아야 한다

 **CONTENTS**

 제5장 모든 업체는 상황에 따라 달라지게 된다

 제6장 수입은 늘리고 지출은 현명하게 하라

제7장 홍보, 어떻게 할 것인가?

들어가면서

　막연하게 "사업을 시작해 볼까"라고 해서 시작한 사업이 10년 정도 되어간다. 매사 좌충우돌하며 실수에 실수를 거듭하며 실패도 여러 번 경험했다. 내가 사업을 하면서 실수하고 실패했던 부분 또는 성공했던 부분을 바탕으로 어떻게 사업을 해야 하는지 주의해야 할 것은 무엇인지에 대해 말해보려 한다. 나의 실수와 실패를 간접적으로 경험한다면 사업을 시작하는 입장에서 조금이나마 도움이 되지 않겠는가?

주변에 사업하는 지인이 있다면 사업 노하우를 전수받는 것이 좋다. 자신보다는 경험적 선배이기 때문에 조언을 듣는다면 지인이 경험한 실수나 실패를 하지 않을 수 있으며, 한다 하더라도 극복할 수 있는 방법을 알려줄 수 있기 때문이다. 그러나 이러한 지인이 없다면 내가 조금이나마 그 지인의 역할을 감당해보려 한다.

　우리는 정답을 알고 있지만 문제를 풀어내는 해답을 모르는 경우가 너무 많다. 특히 학창 시절에 들었던 "공부를 잘하려면 공부를 열심히 하면 된다" 라는 말이다. 이는 너무나 잘 알고 있는 정답이다. 그러나 어떻게 하는 것이 열심히 공부하는 것인지 해답을 알지 못한다. 사업도 마찬가지다. "사업에 성공하려면 열심히 하면 된다" 라는 것은 누구나 잘 알고 있는 사실이며 정답이다. 그러나 어떻게 사업을 하는 것이 열심히 하는 것인지에 대한 해답을 알지 못한다. 해답을 모르고 정답만 알면 도움이 되겠는가?

전혀 그렇지 않다. 우리는 이미 학창시절에 경험한바 있다. 학창시절 "공부를 열심히 해야 한다"는 말은 정말 많이 들었지만 어떻게 하는 것이 열심히 하는 것인지는 듣지 못했다. 정작 들어야 하는 해답은 듣지 못하고 불필요한 정답만 들었던 것이다. 사업도 별반 다르지 않다. 열심히 해야 한다는 정답은 알지만 어떤 방법으로 어떻게 열심히 해야 하는 해답을 모르고 있다.

그래서 나는 여기에서 "어떻게 하는 것이 사업을 열심히 하는 것인지", "어떤 것에 집중해야 하는 것인지", "문제가 발생되었을 때 어떤 식으로 처리해야 효과적인지" 등을 내가 알게 된 해답을 통해 제시해보려 한다.

사실 내가 제시하는 해답만이 정답에 이르는 유일한 길은 아니다. 문제의 정답을 얻기 위해서는 여러 가지 접근 방법이 있듯이 해답은 다양하게 존재한다. 이 다양한 해답을 취사 선택하는 것은 사업자 본인의 몫이다. 어차피 결과에 대한 책임은 사업자 본인이 지기 때문에 더 나은 해법을 찾기 위해 부단히 노력해야 하는 것이다.

정답, 해답 운운하면서 복잡하게 말했지만 간단하게 말해 나의 경험이 조금이나마 도움이 되었으면 한다는 말이다. 사업을 막 시작하려는 사람, 처음 접하는 길이여서 막연함을 느끼는 사람이라면 나와 같이 2~3시간 티타임을 갖는다는 마음으로 이 책을 읽어보았으면 한다. 책을 덮는 순간 사업에 대한 도움이 조금이나마 되었으면 하는 바람이다.

1장

사업을 시작하기 전에

생각하고 있는 것을 행동하지 않으면 그건 아무것도 아니다

　누구나 한번쯤은 회사, 사장, 동료, 연봉 등 마음에 들지 않아 회사를 그만두고자기만의 사업을 생각해본 적이 있을 것이다. 이때 회사를 그만두고 사업을 시작하는 사람이 있는가 하면 결단하지 못하고 현재의 삶을 유지하는 사람이 있다.

사업은 머리로 하는 것이 아닌 행동으로 하는 것이다. 아무리 좋은 아이템이 있다 해도 실행하지 않으면 아무 의미가 없다. 주위를 보면 이런 사람들 하나씩은 있다. "내가 3년 전에 이 아이템 생각했는데 지금 엄청 대박 났네, 그때 시작했으면 대박 났을 텐데."
위와 같은 사람들은 3년 후에 대박 나는 아이템을 알고 있다 해도 지금 그 아이템을 가지고 사업하지 않는다. 그냥 머릿속으로만 생각하고 그걸로 끝내는 것이다. 생각하고 있는 것을 행동으로 옮기지 않으면 아무 것도 아니다. 빌게이츠가 윈도우OS를 머리 속으로 생각만 했다면 빌게이츠가 거부가 될 수 있었겠는가.

이처럼 사업이라는 것은 생각만으로 하는 것이 절대 아니다. 사업에 있어서 가장 중요한 요소가 무엇일까? 참신한 아이템, 자금, 실천력 등 여러 가지가 있을 수 있다.
그러나 가장 선행되어야 하는 것은 실천이다. 물론 아이템도 자금도 중요하다. 무얼 해야 하는지 모르고 사업을 할 수 없으며 무일푼으로 사업을 시작할 순 없기 때문이다. 대부분 사업을 망설이는 사람들은 참신한 아이템이 없어서 자금이 넉넉하지 않아서 시작할 수 없다고 생각하는 경우가 많다.

그러나 사업은 적당한 아이템과 약간의 돈으로 얼마든지 할 수 있다. 참신한 아이템이 사업의 성공을 보장하진 않는다. 아이템이 좋지 않더라도 꾸준한 노력과 성실한 회사 운영으로 얼마든지 사업에 성공할 수 있기 때문이다. 넉넉한 자금이 없어 사업을 못하는 것도 아니다. 자금은 사업을 하면서 수입에서 충당해도 되고 투자처를 확보해 투자를 받을 수 있기 때문이다. 그러기에 초기 자금에 대한 부담으로 사업을 망설일 필요는 없다.

속담 중에 시작이 반이라는 말이 있듯이 시작은 너무나 중요하다. 자동차를 운전해 목적지를 가려고 할 때 가장 먼저 해야 하는 행동은 차문을 열고 운전석에 앉는 것이다. 우선 문을 열고 앉는 것부터 시작을 해야 하는 것이다. 운전을 해서 목적에 도착할 때까지 발생될 무수히 많은 일들을 생각할 필요는 없다. 목적지에 어떤 경로로 갈지만 생각하면 되는 것이지 운전 중 사람이 갑자기 뛰어들어오면 어쩌나, 다른 차량이 위험하게 끼어 들면 어쩌나 하는 등의 불필요한 걱정을 할 필요는 없다. 운전을 하다 보면 자연스럽게 일어날 수 있는 일들이며 상황에 맞게 잘 대처하면 되는 것이다. 미리부터 걱정하여 운전석에 앉는 것조차 두려워해선 안 된다.

사업도 마찬가지다. 원하는 목표를 세우는 것은 너무 당연하지만 목표를 이루기 위한 과정에서 발생할 수 있는 사소한 문제까지 계획할 필요는 없다. 사소한 문제들은 목표를 이루는 하나의 과정이라 생각하고 겁없이 사업에 덤벼드는 것이 중요하다.
매출이 안 오르면 어떻게 하지, 직원을 써야 하는데 어쩌지, 성실한 직원을 써야 하는데, 일은 했는데 돈을 못 받으면 어쩌지, 사업이 안돼서 망하면 어쩌나 이런 생각은 쓰레기통에 버려라.

 사업을 하다 보면 위에 언급한 것보다 더 최악인 것도 다 경험하게 된다. 이러한 문제들은 걱정한다 해서 생기지 않는 일도 아니고 문제가 생기게 되면 그때그때 상황에 맞게 잘 대처하면 된다. 이런저런 걱정 때문에 행동을 유보할 필요는 없다. 우선 문을 열고 운전석에 앉아라. 그게 가장 먼저 해야 할 행동이다.

눈먼 돈이 없듯 나만 피해가는 돈 역시 없다 ˙
(쉽게 돈 벌 생각은 금물이다)

　대부분 사업의 목적은 돈을 많이 버는 것이다. 간혹 사회의 이바지하기 위해 자아성취를 위해 하는 사람도 있지만 대부분이 많은 부를 축척하는 것이 목적이다. 그래서 사업을 꿈꾸게 되는데 사업을 시작하면 큰 거부라 될 거라는 막연한 자신감에 사로 잡히게 된다.

하나에서 열까지 전부 같은 조건임에도 불구하고 "다른 사람은 망했어도 나는 망하지 않아", "내가 하면 잘 할 수 있어" 라는 자신감에 사로잡힌다. 한발 물러서서 객관적인 입장에서 보면 그냥 쉽게 보이는데 본인의 일에는 객관적으로 보질 못한다.

물론 아닌 사람도 있다. 직장생활을 하면서 경험을 쌓은 사람은 위와 같은 실수를 잘 하지 않는다. 왜냐하면 직장생활을 하게 되면 직접적으로 사업에 관여하지 않았어도 간접적으로는 사업에 관여하였기 때문에 말도 안 되는 자신감이나 말도 안 되는 낙관을 하지 않는다. 다시 말해 객관적으로 볼 수 있다는 것이다.

그러나 문제는 경험이 없는 청년 창업이다. 간혹 아르바이트를 통해서 직장생활을 했다라고 말하는 사람이 있는데 내가 말하는 직장 생활은 아르바이트를 말하는 것이 아니다.

여기서 자세하게 말하진 않겠지만 아르바이트와 직장생활을 같이 보기에는 무리가 있다

이들은 너무나 주관적인 시선으로 창업을 바라본다. 세상이 자신을 위해 존재하는 것처럼 너무 자기 중심적인 사고를 한다.
"이건 대박이다", "이 아이템은 나만 알고 있는 것이다", "나는 남들보다 더 잘 할 수 있다" 등 말도 안 되는 자신감이 넘쳐난다.

기본적으로 사업은 돈을 버는 것이며 돈이라는 것은 다른 사람이 노력해서 번 돈을 자신이 가진 무언가와 교환하는 것이다. 당연한 얘기지만 어느 누가 자신이 힘들게 번 돈을 쉽게 남에게 주겠는가? 세상에 쉽게 벌 수 있는 돈은 없다. 자신의 시간과 노력을 들여야만 돈을 벌 수 있는 것이다. 그러기에 자신의 무언가가 다른 사람의 돈과 교환할 수 있는 확실한 가치가 있어야만 한다.

그러나 대부분의 창업가들은 자신의 무언가의 가치를 높이려 하기보다는 돈을 쉽게 벌 수 있는 불로소득에 관심을 더 갖는다. 일하지 않고 소득을 얻는 것, 사업가라면 다들 꿈꾸는 것이다. 분명 세상에는 다양한 형태로 불로소득이 존재한다. 이자, 배당, 임대료, 투자수익, 부동산매매차익 등등 업종마다 다른 명칭으로 불로소득은 존재하는 것이 사실이다.

그러나 처음 사업을 시작하는 입장에서 처음부터 불로소득으로 매출을 올리려 생각하면 안 된다. 불로소득, 다시 말해 이자, 배당, 임대료, 투자수익, 부동산매매차익 등은 초기 자산이 많아야 가능한 사업 형태이다. 처음 창업하는 사람이 얼마나 많은 돈이 있어 임대업, 매매차익 등을 할 수 있겠는가? 그러기에 처음부터 불로소득을 바라고 사업을 시작해서는 안 된다. 불로소득은 사업을 하다 보면 다양한 형태로 자연스럽게 발생되는 것이다. 그러기에 처음부터 불로소득을 보고 사업을 해선 안 된다. 바람직한 자세는 "내가 한 만큼 돈을 번다"라는 마음으로 사업을 해야 한다.

사실 처음에는 자신이 노동한 만큼의 수입을 받지 못하는 것이 일반적이다. 직장을 다니며 월급을 받는다면 10시간의 일을 하면 10시간의 노동의 대가를 받는다.

그러나 처음 사업을 시작하게 되면 2~3배의 노동을 해도 월급 받을 때와 같은 수입을 얻지 못할 때가 많다. 일은 일대로 많이 하는데 수입이 적다는 말이다. 물론 사업 초기에는 그렇다. 나중에 노하우가 쌓이게 되면 10시간을 일하고도 20시간의 수입을 얻을 수 있다. 그러나 이건 어디까지나 나중 얘기다. 처음부터 자신의 노동력을 과대평가해서는 절대 안 된다. 처음에는 내가 수고한 만큼에 대가를 받지 못한다는 것을 알아야 한다. 극단적으로 수입이 없을 수 있으며 최악의 상황에서는 일을 하고도 적자가 날수도 있다. 그러나 이것은 어디까지나 최악의 상황이다.

불행 중 다행스러운 것은 일반적인 사업일 때 적은 수입이라도 발생한다는 것이다. 어디까지나 전제는 일반적인 사업이다. 수입의 차이가 있겠지만 어쨌든지 수입은 발생이 된다. 내가 노력한 만큼은 아니더라도 수입이 발생된다는 것은 긍정적인 면이 있다. 이 말은 일반적인 사업에는 대부분의 손익분기점(일정기간 수입과 지출이 일치하는 지점)이 존재한다는 것이다.

돈이 눈이 멀어 나에게만 오지 않는 것처럼 나만 피해가는 돈 역시 없다. 내가 사업을 시작하면 무조건 대박 나지 않는 것처럼 내가 사업을 시작하면 무조건 쪽박 나지 않는다는 것이다. 이 얼마나 다행스러운 일인가, 나의 시간과 노력을 들여 사업을 한다면 수입을 낼 수 있다는 것이다.

막연하게 사업을 시작하면 무조건 많은 돈을 벌 것이라는 출처도 없는 자신감을 버리고
"눈먼 돈은 절대 없다"라는 사실을 명심해야 한다.

귀가 얇은 것은 큰 장점이다
(다른 사람의 말에 귀를 기울일 줄 알아야 한다)

누구나가 생각하는 단점이 오히려 큰 장점이 될 수 있다. 타인의 말에 쉽게 설득 당하는 사람이 있다. 이런 사람들에게 하나같이 하는 말이 "너는 사기 당하기 딱 좋다", "너는 사업을 절대 하면 안되겠다" 등의 말이다. 자신은 A라고 생각했는데 다른 사람에게 B라고 설득하면 B로 알아듣는다.

그런 반면 A가 맞아서 A라고 설명을 하면 B가 맞다고 끝까지 고집을 부리는 사람도 있다. 이 두 부류의 사람 중에 사업에 장점이 있는 사람은 누구일까?

나는 귀가 얇은 전자의 사람이라 생각한다. 물론 단점도 있다. 귀가 얇아서 처음에 사업구상과 다르게 사람들의 말에 영향을 받아 이도 저도 아닌 사업을 하게 되는 경우가 있다. 그러나 나는 이러한 단점이 있음에도 불구하고 조금만 개선한다면 사업에서 아주 좋은 자질이 될 수 있다고 말하고 싶다.

귀가 얇은 사람들의 장점은 기본적으로 타인에 말에 귀를 잘 기울인다는 것이다. 자기 말만 하는 사람과 타인의 말을 들어주는 사람 누구에게 호감을 가지겠는가? 당연히 말을 잘 들어주는 사람이다.

대부분 사람들은 자신이 말을 하며 무언가를 가르쳐주고 싶어한다. 여러 가지 심리적인 이유가 있을 것이다. 타인을 가르치므로 지적인 우월

감을 느끼는 경우도 있고 말하는 것 자체를 좋아하는 경우도 있다.

어쨌든지 일반적인 사람들은 가르치는 것과 말하는 것을 좋아한다. 이때 자신의 말에 귀를 기울이는 사람이 있다면 어떠한가? 그 사람에게 마음에 문을 열고 자신의 얘기를 하나라도 더 하며 공감대를 형성한다. 이런 면에서 볼 때 귀가 얇은 사람은 관계형성에 아주 좋은 장점이 있는 것이다.

또한 귀가 얇은 사람은 배움에 대한 장점이 있다. 타인에 말에 귀를 기울이다 보면 많은 정보를 얻게 되고 그로 인해 많은 학습을 하게 된다. 어느 정도 사업을 하다 보면 정체기가 찾아오게 된다. 지금까지 해오던 것을 지속하면서 특별한 변화 없이 현상을 유지해도 큰 문제없이 사업을 이끌 때가 있다.

그러나 이때가 위험하다. 이때 현 상태에 안주하면 하나 둘 자신의 거래처가 떨어져나가게 된다. 그러나 이때 각성하고 새로운 것을 시도하며 배우고 적용하면 더 큰 사업적 성장을 이룰 수 있게 된다. 그러기에 배움에 대한 장점이 있는 사람은 위기를 좀 더 빠르게 극복할 수 있다.

물론 장점만 있는 것은 아니다. 단점 또한 존재하는데 그 중 가장 큰 단점은 자신의 주관 없이 좌우로 너무 흔들린다는 것이다.

흔들리는 단점만 극복한다면 사업가로서 대성하지 않을까? 생각해본다. 그렇다면 이 단점을 어떻게 극복할 것인가? 나는 극복하는 방법으로 원칙 세우기와 시나리오 작성을 추천한다. 우리 업계의 예를 들어보겠다. 프로젝트비용이 100만원 이하인 경우 계약금(50%) + 잔금(50%)이다.

귀가 얇은 사람이 계약을 한다고 가정할 때 거래처에서 "다른 업종에서는 10%가 계약금인데 왜 50%를 드려야 하죠? 10%만 입금하도록 하겠습니다"라고 말하면 일반적인 계약금이 10%이므로 "그래요. 그렇게 하시죠"라고 말할 수 있다. 이때 "계약금 40~50%가 아니면 절대 계약을 하지 않는다"라는 원칙을 세워두었다고 가정하면 "원래는 50% 받아야 하는데 40%까지만 입금해주세요"라고 응대할 것이다.

이처럼 원칙을 세우고 적당한 시나리오를 작성해놓는다면 좌우로 흔들리지 않고 소신 있게 사업을 할 수 있다. 참고적으로 중요한 것 하나 지적하자면 비용 관련 부분을 말할 때 "너무 빡빡하게 하면 거래처에서 싫어하지 않을까?", "돈만 밝히는 사람으로 비춰지진 않을까" 하는 생각에 소극적으로 응대하는 경우가 있다.
그러나 이건 잘못된 생각이다. 비용부분을 소극적으로 대응하게 되면 거래처에게 돈 받기가 어려워지고 실력 없는 업체로 평가절하될 가능성이 높다. 다른 모든 부분에서 거래처와 조율하고 양보해도 비용부분을 양보하거나 미루는 것은 백해무익한 일이다. 이 또한 원칙을 세우고 대화 시나리오를 미리 만들고 연습한다면 계약에 임할 때 충분히 리드할 수 있게 된다.

귀가 얇은 것이 무조건적으로 사업에 장점이 되는 것은 아니다. 단점을 원칙과 시나리오로 극복한다면 기본적으로 가지고 있는 장점을 극대화할 수 있게 된다. 귀가 얇지 않은 사람이라 하더라도 원칙 세우기와 시나리오 작성을 미리 해놓는 것이 좋다.

계획대로 되지 않는다고♦
계획을 세우지 않으면 안 된다

사업을 할 때 계획은 기본적으로 세워야 한다. 사업 방향, 자금조달, 운영방향 등등 수많은 계획을 세우고 하나 둘 게임에 레벨을 올리는 것처럼 성취해나가야 한다.

그런데 해보면 안다. 얼마 동안은 계획대로 잘 진행되다가도 생각지도 못한 문제점들이 하나 둘 발생하기 시작한다는 것을. 심하게는 사업을 접어야 하는 문제까지 발생하기도 한다.

그러나 위와 같은 경우는 극단적인 상황이고 대부분은 크고 작은 문제들이 지속적으로 발생하게 된다. 계획 안에 있었던 문제들은 예상했던 문제이기 때문에 큰 어려움 없이 해결할 수 있지만 예상하지 못했던 문제들은 그로 인해 정신적, 육체적, 물질적인 부담을 지불해야만 한다.

나는 홈페이지 제작업체인 홈피플랜을 운영하고 있는데 운영하며 겪었던 일을 하나 언급해보려 한다. 누군가가 홈피플랜 이전에 상호인 로뎀을 폄하하여 자신의 블로그에 글을 게시한 적이 있다. 악의를 가지고 글을 올렸기 때문에 "로뎀 홈페이지 제작"이란 단어로 검색하면 폄하된 글을 쉽게 볼 수 있었다.

사실 처음엔 해당 글이 있는지도 몰랐다. 인력이 많아 자체적으로 포털의 게시글을 필터링 하는 것이 아니기 때문이다. 오히려 거래처에서 먼저 알고 우리에게 알려주었다. 누가 이런 상황을 예상하고 계획을 세우겠는가?. 직원들과 같이 어떻게 해결하면 좋겠느냐 회의를 했는데 우선 해당 글을 삭제하면 되지 않겠느냐 라고 의견을 모았다.

그래서 해당 블로그를 살펴보고 연락처를 알아내려 했으나 우리 글 하나만 올려놓은 블로그였고 운영자 정보는 일절 노출하지 않았다. 운영자에게 연락할 수 있는 방법이 없자 네이버 측에 메일을 발송해 삭제 요청을 했다. 그러나 네이버에서는 어떠한 답변도 오지 않았다. 다시 한번 회의를 해보고 방법을 강구했는데 이번엔 해당 글을 밑으로 밀기로 한 것이다. 방법은 "로뎀 홈페이지 제작업체"라는 문구가 포함된 글을 우리 쪽 블로그에 지속적으로 개제하므로 악성 글이 뒤로 밀리게 하는 것이다. 효과가 있었다. 해당 악성글은 5페이지 뒤쪽으로 밀리게 된 것이다.
그러나 글이 없어진 것은 아니므로 어떠한 경로를 통해서든 악성 글이 노출되는 상황은 변함이 없었다. 최종적으로 우리는 로뎀에서 홈피플랜이라는 사이트 명을 바꾸는 특단에 조치를 취했다. 여담이지만 지금 생각해보면 사이트 명은 잘 바꿨다고 생각한다. 로뎀보다는 홈피플랜이라는 사이트 명이 사업의 정보를 좀 더 명확하게 드러내기 때문이다.

사업을 한다는 것은 예상하지 못한 문제가 발생되었을 때 이를 슬기롭게 해결해나가는 과정이 아닐까 생각한다. 계획을 세워도 계획대로 되지 않는 것이 사업이라 해서 계획 없이 사업을 운영해선 안 된다. 사업운영에 바빠 사업계획을 세울 시간이 없는가?
이는 정말 잘못된 생각이다. 바쁜 일로 인해 중요한 일을 하지 않으면 안 된다. 계획을 세우지 않아서 바쁜 것이다. 계획을 잘 세워 해야 할 일과 하지 말아야 할 일, 어떻게 해야 할지를 미리 정한다면 효과적으로 시간관리를 할 수 있다.

계획을 세울 때에는 주, 월, 분기, 1년, 3년, 5년, 10년, 20년 계획을 세우되 짧은 기간에 계획은 디테일하고 꼼꼼하게 뒤로 갈수록 가이드만 세우는 것이 좋다. 먼 미래의 일의 계획은 디테일하게 세울 수도 없으며 설령 세웠다 할지라도 대부분 상황이 변화되어서 계획 자체가 무의미하게 되는 경우가 많다. 10년 후에 계획을 세운다면 이런 식도 괜찮다. 홈피플랜은 소프트웨어 사업을 하고 있지만 10년 후에는 소프트웨어+하드웨어를 결합하는 사업을 하겠다. 자신의 사업을 유지하면서 새로운 분야의 사업을 접목시키는 사업확대의 계획이다.

이처럼 10년 후의 계획은 다소 막연해도 좋다. 그러나 주, 월, 분기 계획은 이렇게 막연하면 안 된다. 바로 해야 되는 일이기 때문에 언제까지 솔루션 개발을 완료하겠다 라는 시간적 데드라인을 정하는 것이 좋다.

사업이 계획대로 되지도 않고 문제가 항상 생기는데 왜 계획을 세우나? 일이 너무 바빠 계획을 세울 시간적 여유도 없는데 그 시간에 일하는 것이 훨씬 더 생산적이지 않나? 이런 생각을 하고 있다면 반드시 계획을 세워야 한다. 생각지 못한 문제가 발생되기 때문에 계획을 세워 돌발변수를 줄여야 하고 시간이 부족하기 때문에 계획을 세워 시간효율과 업무효율을 높여야 하는 것이다. 계획은 선택사항이 아닌 필수이다.

05

단기간 내에 이루어지는 일은 없다
(끈기를 가지고 지속해야 한다)

나는 2003년 대학교 4학년 1학기가 끝이 나고 취업에 대한 막연한 두려움에 휴학을 하게 되었다. 졸업하면 데드라인이 없어질까 하여 4학년 2학기를 남겨놓고 취업을 해야겠다는 생각했던 것이다. 그때 아르바이트를 하며 막연하게 인생을 고민하던 중 정류장 전봇대에 붙어 있는 직업전문학교 광고를 보게 되었다. IT관련 프로그램을 공짜로 교육해준다는 광고였는데 더 자세히 보니 월 30만원까지 준다는 것이었다.

지금은 국비지원 직업전문학교가 많이 있고 또 정부에서 돈을 지원하는 제도가 많아서 당연한 것처럼 느끼겠지만 그때 당시 나는 이거 사기 아니야? 돈을 준다고? 말도 안 돼. 라고 의심했다. 너무 이상해서 면접 때 교육에 대해 궁금한 것이 있냐는 물음에 진짜 30만원을 주냐고 물었던 기억이 난다.

그때 당시에 나는 나름 이성적인 판단을 한다고 하며 쇼핑몰이나 홈페이지 제작사업은 절대 하지 않겠다고 생각했다. 왜냐면 그때 당시에도 쇼핑몰과 홈페이지 제작업체는 넘쳐났기 때문에 해 봤자 너무 포화된 시장이고 별 재미가 없을 것이라 판단했기 때문이다. 그러나 아이러니하게도 나는 홈페이지 제작업체를 운영하고 있다.

절대 되지 않는 분야 절대 안 되는 일은 없다. 중요한 것은 얼마나 꾸준히 지속하느냐가 중요하다. 간혹 3~4번 시도해보다 안되면 "이건 안

되나 보다", "충분히 해봤는데 안되네" 라고 생각한다.

 그러나 나는 이렇게 말하고 싶다. 3~4번은 결코 충분한 숫자가 아니다. 단기간 단 몇 번을 노력해서 얻을 수 있는 것이 있겠는가. 설령 얻는다 해도 그것이 얼마나 되겠는가?
사업을 시작하는 것 자체도 어렵겠지만 만약 시작했다면 몇 번 해보고 포기하지 않기를 바란다. 이왕 어렵게 시작했으니 좀 더 시도해보고 좀 더 노력해보라고 말하고 싶다.

 처음 홈페이지 제작업체를 운영할 때 타 업체에 비해 경쟁력이 없어 많이 고전했다. 경쟁력을 높이기 위해 처음 사용한 전략은 박리다매였다. 최대한 저렴한 비용으로 만들면 홈피플랜에 제작을 의뢰하지 않겠는가 라는 생각이었다.
그러나 생각지도 못했던 문제점들이 몇 가지 발생했다. 첫째로 생각만큼 많은 업체가 홈피플랜에 제작의뢰를 하지 않는다는 것이었다. 비용이 저렴하면 우리 쪽으로 의뢰가 몰릴 거라는 예상은 보기 좋게 빗나간 것이다.
둘째로 어찌 어찌하여 계약이 되어 저렴한 가격으로 만들면 거래처 자체가 저렴한 걸 찾던 업체이다 보니 비용지출에 너무 인색한 단점이 있었다. 비용에 인색하다 보니 홈피플랜에서 비용을 받고 처리해야 되는 부분을 서비스로 요청하는 경우가 늘었고 자연스럽게 사업에 부정적인 면으로 다가왔다.

 가장 어려웠던 기억은 잔고가 하나도 없는 상태에 적자가 발생해 개인종신보험을 해지하고 환급 받은 돈으로 디자이너 급여를 지급한 기억이다. 이것뿐만 아니라 경험이 없는 나에게 있어 거래처 응대에서도 많은 어려움이 있었다. 어려움이 최고조일 때 "다 그만두고 취직이나 할까?"라는 생각도 했었다. 왜냐하면 그때 경력으로 취직을 할 경우 그때 수입보다는 더 많은 연봉을 받을 수 있었기 때문이다.

그러나 그런 마음 자체가 사업에 방해가 된다 생각하고 "나는 오로지 사업 말고는 할 수 있는 것이 없다" 라고 마음을 다잡았다. 이때가 사업 시작한지 4년째 되던 해였다.

상황이 이렇다 보니 다른 마케팅방법을 생각하지 않을 수 없었다. 지 피지기면 백전백승 이라는 말이 있듯이 나는 우리의 장점을 먼저 파악해야겠다고 판단했다.

홈피플랜의 가장 큰 장점은 프로그램 개발능력이었다. 당연한 말이겠지만 창업자인 내가 개발자 출신이고 또 회사가 망하지 않는 이상 개발자인 내가 이직할 이유가 없기 때문이었다. 다시 말해 안정적인 개발 인력확보였던 것이다. 나를 알았다면 적과 고객을 알아야 했다. 경쟁업체를 파악하기란 쉬운 일이 아니었다.

그런데 방법은 오히려 간단했다. 내가 하기 싫은 일을 찾는 것이었다. 내가 하기 싫어하는 일은 상대도 싫어하는 일이기 때문에 나의 단점이자 상대의 단점이 되는 것이었다. 고객입장에선 너나 할 것 없이 하지 않으려 하니 자연스럽게 고객의 니드가 되는 것이었다.

그럼 이런 일이 과연 무엇일까? 나는 고민 끝에 홈페이지 유지보수라는 결론을 내렸다. 여기서 말하는 유지보수는 자체적으로 만든 홈페이지 유지보수가 아니다. 자체제작 홈페이지 유지보수는 어느 업체나 반기는 일이기 때문이다. 타 업체에서 만든 홈페이지를 유지보수 하는 일을 말하는 것이다. 타 업체에서 만든 홈페이지를 수정하려는 업체는 거의 없다.

왜냐하면 내가 만든 것은 수정하고 개선하기는 쉽지만 다른 사람이 만든 것을 수정하고 개선하기란 쉽지 않기 때문이다. 일반적으로 홈페이지를 수정하려고 제작업체를 찾고 문의해보면 다시 만들어야 한다고 대부분의 업체가 말한다. 워낙 신규 제작단가가 낮다 보니 기존 홈페이지의 유지보수를 위해 분석하고 수정하는 것보다 새로 만드는 것이 비용이나 작업 등 기타 여러 면에서 이득이 되기 때문이다. 그러나 우리는 이 부분을 공략했다.

우리의 전략은 성공적이었으며 예상하지 못했던 소득도 얻게 되었다. 첫째로 광고비가 줄었다. 박리다매 마케팅은 광고->의뢰->작업->수입->종료 구조였다면 유지보수 마케팅은 광고->(의뢰->작업->수입) 반복 구조로 바뀌게 된 것이다. 다시 말해 광고 한번에 수입이 반복되는 구조가 된 것이다.

둘째로 작업시간이 줄었다. 일반적인 홈페이지 제작을 하기 위해서는 2~3주 정도 소요가 된다. 그 과정에서 고객과의 미팅도 많고 검수도 2~3단계 존재한다. 그러나 유지보수는 그렇지 않다. 업무 시간이 대폭 줄어든다. 의뢰내역 대부분이 이미지, 텍스트 수정과 기능 추가가 대부분이다. 상식적으로 생각해도 만드는 것보다 수정하고 기능 추가하는 것이 규모가 작기 때문에 작업시간은 일반적으로 2~3일 정도면 충분하다.

셋째로 고비용을 받을 수 있었다. 유지보수 비용은 홈페이지 제작만큼 비용을 많이 받지는 못한다. 일반적으로 유지보수 할 때 20~30만원 정도 예상하기 때문이다. 그렇지만 작업 시간이 짧다. 20~30만원의 매출을 올리는데 짧게는 1~2시간이면 될 수도 있기 때문이다. 그렇다면 시급 10만원 이상이라는 건데 우리나라에 시급 10만원 이상인 업종이 과연 몇 개나 되겠는가?.

이처럼 나의 경우 4년 정도 나에게 맞지 않는 마케팅 전략과 운영으로 어려움을 겪었다 그것이 4년이다 결코 짧은 시간이 아니다. 그 이후 다른 새로운 전략으로 악조건을 개선해나갔다. 그렇다면 사업 처음부터 유지보수 전략을 세웠다면 더 큰 효과를 거두지 않았을까? 꼭 그렇지만은 않다고 생각한다. 4년 동안의 박리다매의 전략이 뒷받침되었기 때문에 유지보수 전략이 성공한 것이기 때문이다. 유지보수 전략으로 나아갈 때에도 박리다매 전략은 한동안 유지했다. 이유는 박리다매는 그래도 적은 수입이지만 지속적으로 매출이 발생되었기 때문이다.

우리는 임계점을 넘어야 한다. 물이 수증기가 되기 위해서는 100℃가 되어야 한다. 많은 노력을 통해 100℃가 되지 않으면 물은 수증기가 되지 않는다. 누군가는 능력이 특출 나서 임계점을 단시간에 도달하는 경우도 있을 것이다.

그러나 일반적으로는 100℃로 올리는 데에는 시간과 노력이 많이 소요된다. 나와 같은 경우 4년이라는 시간 동안 물이 끓기는커녕 미지근한 상태로 유지되다 가까스로 임계점에 도달한 케이스다. 잠깐 해보고 속단하긴 이르다. 몇 번 해보고 포기하기에는 너무 아깝다.

지금 물의 온도가 99℃인지 누가 알겠는가? 짧게 보지 말고 방법을 개선하고 보완하다 보면 어느 순간에 임계점에 도달하게 될 것이다. 단기간 내의 결과를 가지고 실망할 것 없다. 긴 시간 끈기를 가지고 노력한다면 분명 만족할만한 결과가 나올 것이다.

큰 그림을 그리되◆
하나씩 성취해야 한다

사업을 할 때 큰 그림을 그리고 나아가는 것이 좋다. 적은 시간과 노력으로 이룰 수 있는 그림이 아닌 많은 시간과 노력으로 얻을 수 있는 사업적 성취에 대한 그림이 필요하다. 그림을 그렸다면 성취해나가야 할 방법을 구상해야 한다.

나는 큰 목표를 성취해나갈 때에 추천해주고 싶은 방법이 있다. 그 방법은 최종목표를 단번에 이루려 하지 말고 그 목표에 도달하기 위한 과정을 하나씩 이루어가라는 것이다. 단번에 큰 목표를 이루기란 어려운 일이지만 목표를 이루기 위한 과정 하나하나를 이루어나가는 것은 어렵거나 불가능한 일이 아니기 때문이다.

판매자와 구매자를 직접 연결해주는 오픈마켓(G마켓, 옥션, 11번 등)이라는 비즈니스모델로 예를 들어보겠다. 오픈마켓 사업을 구상했다면 벤치마킹 -> 오픈마켓 제작 -> 판매자 제품등록 -> 구매자 제품구매 -> 수수료 수입 이런 비즈니스 모델을 생각한다. 중간중간 디테일 부분이 빠졌지만 그래도 큰 틀은 위와 같다.

나름대로 사업을 구상하고 연구해본 사람이라면 기존 사이트(G마켓, 옥션, 11번 등)와 "똑같이 만들면 성공하겠지"라고 생각은 하지 않는다. 왜냐하면 경쟁업체와 비교해 자금, 규모, 시장 점유율 등 모든 부분에서 경쟁이 되지 않기 때문이다.

그러기에 다른 전략을 구상한다. 기존 사이트에서 판매하는 제품이 아닝 특화된 제품을 판매하려는 전략이다. 예를 들어 중고 오토바이, 중고 의류, 명품가방 등 특화된 제품만을 판매하면 성공할 수 있을 거라 판단한다. 특화 해서 제품을 판매한다면 위의 오픈마켓에 없는 제품이 판매될 것이고 그러다 보면 고객을 자연스럽게 확보될 수 있기 때문이다. 방향은 틀리지 않다

그러나 우리가 만들어준 대부분의 업체는 실패하고 성공한 업체는 극히 드물었다. 그 이유가 무엇일까? 오픈마켓 비즈니스 모델은 성공한다면 수수료라는 불로소득을 얻을 수 있지만 일반 쇼핑몰에 비해 어려운 문제 2가지를 해결해야 한다. 일반 쇼핑몰은 구매회원만 확보하면 된다. 본인이 판매할 제품을 쇼핑몰에 올리고 고객을 확보하기 위해 마케팅에 투자만 하면 된다. 그럼 투자에 비례해서 수입이 오른다.
그러나 오픈마켓은 다르다. 판매자를 같이 확보해야 하기 때문이다. 오픈마켓은 제품을 등록하기 위해 판매자를 확보해야 한다. 마케팅을 통해 판매자를 확보할 때 구매자가 없는 사이트에 누가 자신의 제품을 올리려 하겠는가?
대부분 업체에서는 검증되지 않은 사이트에 자신의 제품을 올리려 하지 않는다. 해당 사이트 말고도 올려야 하는 오픈마켓 사이트가 많기 때문에 고객이 없어 판매에 효과가 없을 거라 판단하는 경우 제품을 올리지 않는다. 구매자 입장에서 본다면 해당 사이트에 판매 제품이 적으면 신뢰하지 못해 구매가 일어나지 않는다. 이와 같이 악순환 되는 비즈니스 모델이어서 실패하는 경우가 많았다.

   그렇다면 극복하는 방법은 무엇일까? 답은 하나만 있지 않다. 여러 가지 대안이 있을 수 있다. 그러나 여기에서 말하고자 하는 것은 목표가 아닌 과정을 성취해나가며 문제를 해결하라는 것이다. 오픈마켓 활성화를 위해 각각의 단계가 있다.
시스템 개발 -> 판매자 확보 -> 구매자 확보 -> 판매

시스템 개발은 업체를 잘 선정해 시간과 비용을 들여 개발하면 되기 때문에 그리 어려운 부분은 아니다. 그 다음 단계 판매자 확보를 해야 하는데 여기서부터 막막해진다. 위에서 언급한 것처럼 구매자가 확보가 되지 않아 판매자 확보가 어렵기 때문이다.

여기가 중요하다. "판매자 확보"는 오픈마켓의 최종목표가 아닌 진행과정으로 봐야 한다. 그러나 매 순간 과정은 그때그때의 목표가 된다. 과정이자 목표가 되는 셈이다. 그러기에 "판매자 확보"가 사업목표라고 생각하고 행동해야 한다. 판매자의 불편함, 판매자가 원하는 것을 생각해본다면 답은 의외로 쉽게 나올 수 있다. 판매자가 제품을 오픈마켓에 올리기 어려워하는 경우 대신 등록해주거나 실물은 있는데 사진이 없으면 직접 사진을 찍어주고 등록해주는 것도 하나의 방법이다. 판매자가 다른 오픈마켓에 제품을 올려서 판매하는 경우 해당제품 정보를 대신해서 내가 운영하는 오픈마켓에 올려주는 것도 방법이다. 이때 주의해야 할 점은 판매자에게 허락을 꼭 받아야 한다. 허락 없이 올렸다가 저작권 등 여러 가지 문제에 휘말릴 수 있기 때문이다.

판매자들의 쇼핑몰을 만들어주고 활용하는 것도 하나의 방법일 수 있다. 쇼핑몰에 제품 등록을 자연스럽게 유도하고 등록된 제품을 오픈마켓에서 한꺼번에 모아보는 시스템을 구축하는 것이다.

개인적으로 이 부분은 좋은 아이디어라 생각한다. 판매자들 중에 오픈마켓에 자신의 제품을 등록하는 것을 남 좋은 일 시키는 거라 생각하는 경우가 있기 때문에 판매자의 홈페이지를 만들어주고 그곳에 올리도록 유도하는 것이다. 그런데 여기에서 주의해야 할 사항은 쇼핑몰 제작을 본인의 관점에서 봐서는 안 된다는 것이다. 오픈마켓 안에 판매자의 제품만 모아볼 수 있는 미니샵 같은 개념이 그렇다.

미니샵을 만들어주고 판매자에게 쇼핑몰을 만들어줬다고 생각하는 것은 아전인수격 생각이다. 구매자의 접근경로를 생각해보면 오픈마켓에 접속하고 그 이후 미니샵을 찾아 들어간다. 어떤 판매자가 미니샵을 자신만의 쇼핑몰이라 생각하겠는가? 완전하게 독립된 쇼핑몰을 제공해 줘야 한다. 자신의 원하는 도메인으로 바로 접근할 수 있는 쇼핑몰을 제공해줘야 한다. 판매자의 입장에서 시스템을 잘 갖춰나간다면 추후에는 판매자가 직접 자신의 쇼핑몰을 홍보할 수도 있다. 이처럼 판매자 입장에서 바라보고 응대해준다면 "판매자 확보"라는 목표를 이루는 것이 불가능하지 않다.

하나의 예를 들었지만 이처럼 최종목표를 바라보되 과정과정에 집중해서 목표를 이루어 나가야 한다. 이처럼 큰 목표의 최종적인 결과물은 작은 결과물들의 누적임을 알고 과정과정 최선을 다해 성취해나가야 하는 것이다.

최악의 시나리오와 ◆
데드라인을 정하라

"나의 사업은 잘 될 것이다."
"사업을 시작하자마자 많은 고객이 확보되고 나의 제품들이 수없이 팔려
하루하루 최고의 매출액을 갱신할 것이다."

이러한 긍정적인 상상은 유익하다. 나의 사업에 대한 기대와 확신은
사업발전에 촉매제와 같은 역할을 한다. 그렇다 하여 무조건적인 긍정
은 해가 될 수 있다는 것을 명심해야 한다.

처음부터 김을 빼는 말일수도 있지만 최악의 시나리오와 데드라인을
정해야 한다. 목표가 있다면 목표에 대한 데드라인도 있어야 한다. 월
매출 1억을 목표를 잡았다면 월 최소 매출 또한 생각해야 한다. 최악의
시나리오와 데드라인을 정하는 이유는 대응력을 높이기 위해서이다. 만
약이라는 전제하에 최악의 상황을 상상해보라. 그러기 위해서는 현재
상태를 정확하게 파악해야 한다.
가정을 세워 현재 잔고는 1억 원, 매월 평균지출 1천만 원, 평균수입 2천
만 원인 경우에 매달 1천만 원씩 저축을 할 수 있다고 하자. 그런데 갑자
기 문제가 생겨 매달 매출이 500만원으로 급감하게 되면 현재 1억 원의
자산을 기준으로 1억(잔고) / 1500만원(지출) 해서 6개월 정도 유지할 수
있게 된다. 그렇다면 어느 시점에 인원을 감축할지 어느 부분에서 지출
을 줄여야 조금이라도 더 유지할 수 있을지 고민해봐야 한다. 그래야만
비슷한 상황이 왔을 때 리스크를 줄여가며 사업을 유지할 수 있기 때문

이다.

위의 예는 특정한 상황에 예를 든 것뿐이지 항상 위와 같은 일로 시나리오를 정할 필요는 없다. 사업을 하다 보면 특정 궤도에 도달하게 되는데 그때부터는 고정적인 매출이 오르고 큰 실수를 하지 않는 이상 상태가 지속되기 때문에 위와 같은 예는 사업초반에 만드는 시나리오이다.

사업운영 가운데도 시나리오와 데드라인을 정해야 하는 경우가 많다.

"납기일 3일전에는 완료가 되어야 하는데 안 된다면 어떻게 해야 하는가?"
"일정을 잘못 잡아 납기일을 초과할 경우 어떻게 처리할 것인가?"
"외주를 의뢰했는데 외주업체가 납기일을 맞추지 못하면 어떻게 할 것인가?"

사실 위와 같은 사항은 기우일 수 있다. 위와 같은 일은 드문 상황들로 일반적으론 일어나지 않는다. 만약에 위와 같은 일의 발생 빈도수가 많다면 그건 시나리오 작성 이전에 시스템을 먼저 점검해봐야 한다.
여하튼 이런 시나리오를 작성하는 이유는 대응력을 높이기 위해서이다. 최악의 시나리오를 생각해봄으로 충분히 대응력을 높일 수 있다. 매출이 급감할 때, 프로젝트 일정이 더딜 때, 프로젝트 납기일을 맞추지 못할 때 등을 생각해서 그때그때 대응방법을 강구해놓는다면 당황하지 않고 상황에 맞게 문제를 해결해나갈 수 있다.

그렇다면 이 시나리오와 데드라인을 매번 프로젝트를 진행할 때마다 생각해야 하는가?
그렇지는 않다. 대부분의 프로젝트와 사업 진행은 패턴이 있기 마련이다. 그 패턴 별로 시나리오, 데드라인이 만들어지면 유사한 일에는 동일하게 적용시킬 수 있기 때문에 매번 번거롭게 고민할 필요는 없다.
물론 시나리오, 데드라인을 정하지 않고 그때그때 응대하면 사업을 할 수도 있다. 직접 부딪히고 몸으로 배워서 대응력을 높일 수 있기도 하다. 그렇지만 다치지 않고 할 수 있는 일들을 굳이 다쳐가며 배울 필요는 없다.

사업 가운데 최악의 상황을 생각해서 시나리오를 작성하고 데드라인을 정해서 적당한 때에 적당한 방법으로 조치를 취한다면 이루고자 하는 목표에 조금이나마 빠르게 도달할 수 있지 않겠는가?

08

박리다매 사업전략이 득인가 실인가?

박리다매는 이익을 적게 보고 많이 판매한다는 뜻이다. 물건을 비싸고 적게 파는 것보다 싸게 많이 팔아 이득을 내는 것이 더 효과적이라는 전략이다.

특히 홈피플랜과 같은 홈페이지 제작업체에서는 효과적이다. 홈페이지 제작 특성상 처음 개발할 때 많은 비용이 들지만 이후 카피할 땐 비용이 거의 들지 않기 때문이다. 그러기에 하나를 백만 원에 팔아 백만 원을 남기는 것보다 만원에 천 개 팔아 천만 원을 남기는 것이 훨씬 이득이라는 것이다. 얼마나 좋은 전략인가? 꼭 홈페이지 제작업체만을 위한 전략이 아닌가 싶을 정도이다.

그러나 단점도 분명하게 존재한다. 첫째로 마케팅 비용이 많이 들어간다. 포털 키워드 광고를 예로 들어 하나를 팔기 위해서 광고비 1천원이 들었다면 1천 개를 팔기 위해서는 1백만 원의 비용이 들게 된다.
물론 개당 판매수익이 1만원일 때 광고비용 1천원보다는 많기 때문에 하나 판매당 9천원을 벌게 되어 단점이라 볼 수 없다고 생각할 수 있다. 그러나 길게 보면 다르다. 해당 키워드 가격이 1천원에서 지속적으로 오르게 된다. 그러다 보면 판매 수입보다 광고 지출비가 더 많아지는 경우가 발생하게 되는데 1만원의 수입을 얻기 위해 1만원 이상의 광고를 해야되는 경우가 발생하게 된다.

두 번째로 품질이 떨어지게 된다. 아무리 싸게 산다고 해도 모든 소비자들이 찍어내듯 만들어진 홈페이지에 100% 만족하지 못한다. 그러다 보니 자신만의 홈페이지를 위해 수정은 필수적이다. 여기서 문제가 생긴다 하나 수정하는 것은 그리 부담이 안 된다.

그러나 수량이 10개에서 100개, 100개에서 1,000개 증가하다 보면 작업시간이 부족하게 되고 작업시간이 부족하다 보니 하나하나 집중하지 못하게 된다. 그러다 보면 제품의 하자가 발생해 품질이 떨어지게 된다. 품질이 좋지 않다는 것은 고객의 만족도가 감소하고 그로 인해 재구매 등 매출에 부정적인 영향을 미치게 된다.

세 번째로 직원을 혹사시키는 일이다. 박리다매 전략에 따른 업무는 비슷한 작업의 형태가 반복되는 업무를 하게 된다. 그러다 보면 직원의 업무효율은 급격하게 떨어지게 되는데 무리도 아닌 것이 그 누가 다람쥐 쳇바퀴 도는 듯한 업무를 좋아하겠는가?

직원은 급여를 주면 그 급여만큼 무조건적으로 일해야 하는 도구와 같은 존재가 아니다. 직원은 대표가 할 수 없는 일을 도와주고 대표는 자신의 일을 도와준 직원에게 고마운 마음에 대가를 급여로 지급해주는 그런 존재이다. 그러기에 직원은 "급여를 줬으니 시키는 대로 해"가 아닌 "이 일을 좀 도와주겠어요?"라는 마음으로 직원을 대해야 한다. 그런 면에서 나의 일을 도와주는 사람이 마지못해 일을 해서 스트레스를 받게 되는 것은 대표로서 직원에게 미안해해야 하는 일이다. 박리다매는 업무자체가 직원을 혹사하는 전략인 것이다.

이처럼 박리다매는 장점과 단점이 분명하게 존재하는 전략이다. 그러기에 이를 효과적으로 운영할 필요성이 있다. 추천하는 방법은 사업 초반부에는 박리다매 전략을 세우고 이후 어느 정도의 궤도에 올라가게 된다면 그때부터는 후리소매(이익을 많이 남기고 적게 판매) 전략으로 전향하는 것을 추천한다. 무 자르듯 "박리다매는 오늘까지 내일부터는 후리소매다"라는 식으로가 아닌 박리다매를 지속하면서 후리소매로 전향하는 방법을 구사하는 것이 좋다.

사실 걱정이 될 것이다. *"싸게 팔아도 잘 안 되는걸 비싸게 판다고?"* 걱정이 많이 될 것이다. 그러나 결단하고 행동에 옮겨보면 알게 될 것이다.

물론 전제가 있다 어느 정도의 궤도에 올랐을 때이다. 사업하다 보면 자연스럽게 신규제작이 아닌 고정적인 매출이 발생하게 된다. 이때 최근 1년 기준으로 고정적인 월매출을 환산한 이후에 전체수입의 30~40% 정도 차지한다면 그때부터는 후리소매 방식으로 하나씩 전향하는 것을 추천한다.

파레토 법칙이 있다. 우리에게 80:20법칙으로 더 많이 알려진 법칙이다. 매출상위 20%업체가 전체매출의 80%를 차지하고 하위 80%업체가 전체매출의 20%를 차지한다.

설마라고 생각할 수 있다. 그러나 경험자인 내가 자신 있게 말할 수 있다. 홈피플랜을 예로 들면 박리다매에서 후리소매로 전략을 수정한 뒤 전체 업무는 50% 정도 줄고 매출은 150% 정도 증가했다.

사실 만능 키와 같은 전략은 없다. "이 전략은 모든 환경에서 절대적인 효과를 얻을 수 있다"라는 전략이 어디 있겠는가? 어떤 때에는 박리다매 어떤 때에는 후리소매 상황과 환경에 맞게 적절한 전략을 세워 사업을 운영하는 것이 가장 좋은 방법이며 전략인 것이다.

VIP거래처를 많이 확보하라 ◆

80:20법칙에 따르면 20%의 VIP거래처의 중요성을 쉽게 알 수 있다. 그러기에 20%의 VIP거래처 확보를 게을리해선 안 된다. VIP거래처는 전체 거래처의 20%만 차지하게 된다. 20%만 차지하는 거래처를 2배로 늘리게 된다면 40%가 되는데 매출은 160%가 오르게 된다.
이것처럼 효과적인 방법이 있겠는가? 20% 증가하면 매출이 80% 늘어나는 것이다. 그러기에 VIP거래처 확보에 많은 노력을 해야 한다. 물론 확보하는 것이 어려운 일인 것은 분명하다. 확보가 쉬웠다면 누가 사업에 실패하겠는가?

그래서 VIP업체들만의 특징 4가지를 살펴보려 한다. 첫 번째, 잘되는 업체이다. 100%는 아니지만 대부분의 잘되는 업체들이 VIP가 되는 경우가 많다. 당연한 말이다.
회사가 잘되고 매출이 있어야 더욱더 나은 서비스를 위해 고민하고 그러다 보면 프로그램 업그레이드를 고려하게 되고 그로 인해 자연스럽게 개발업체에 작업의뢰가 늘어나기 때문이다. 어찌 보면 당연한 인과관계이다.
반대로 안 되는 회사는 투자를 아끼다 보니 프로그램 업그레이드는 생각조차 못하고 심지어 오류가 있어도 불편함을 감수하면서 사용하는 경우가 많다.

두 번째, 비용처리에 합리적이다. 모든 비용을 합리적으로 판단해서 합리적인 금액을 지출한다. 우리가 견적서를 보냈을 때 비용을 무조건적으로 깎지 않는다. 자신들의 기준에서 합리적인 비용의 견적이라면 두말하지 않고 작업을 진행해달라고 요청한다.

물론 자신이 생각했던 비용보다 많이 나온 경우 그것에 대한 설명을 요구하고 합리적인 비용인지를 점검한다. 그러나 어떤 업체들은 깎는 것이 무조건 좋다고 생각하는 경우도 있다. "100만원 짜리 80만원에 만들면 좋지"라고 생각한다.

그러나 이건 하나만 알고 둘은 모르는 것이다. 비용을 깎게 되면 작업시간이 줄게 되고 작업시간이 줄면 자연스럽게 품질에 영향을 받게 된다. 그렇지 않다고 해도 나중에 견적을 낼 때 내고할 비용을 감안해서 견적을 더 내기 때문에 무조건적인 내고 보다는 합리적인 금액을 찾는 것이 중요하다. 그런데 이러한 사실을 VIP업체들은 잘 알고 잘 실천한다.

세 번째, 도덕성을 갖추고 있다. 운영면에서도 뛰어나지만 도덕성 역시 뛰어나다. 소프트웨어관련 사업이다 보니 프로그램 오류는 발생되지 않을 수 없는 것이 사실이다. 별거 아닌 오류 하나 발견되었을 때 VIP업체와 진상업체는 대응 자체가 확연히 다르다.

VIP업체는 "너무 감사해요. 신경 써서 작업해주시고 정말 맘에 들어요. 근데 하나 오류가 있네요. 뭐 중요한 건 아닌데 처리 좀 부탁드릴께요"라고 감사하는 반면, 진상업체는 "작업이 대부분 안되었네요. 언제 끝나나요. 이렇게 해선 서비스할 수 없어요. 빨리 처리해주세요"라고 불평을 한다.

우리 업체에게만 이런 식으로 말하겠는가? 언어의 습관은 쉽게 변하지 않는다. 이런 부류의 말을 들었을 때 어느 업체에게 호감을 가지고 기분 좋게 거래를 이어가겠는가? 이처럼 VIP업체들은 실력과 비례해 도덕성을 갖춘 경우가 많다.

네 번째, 결단력이 있다. VIP업체는 자신이 거래처들의 능력을 정확하게 파악한다. 다시 말하면 VIP업체는 작업을 해주는 우리 회사의 업무능력을 정확하게 파악한다는 것이다. 만약 우리 업체의 능력이 부족하다고 판단하면 VIP업체는 우리와의 거래를 다시 고려하고 합리적인 결정을 내리게 된다. 이때 결정은 신중하게 하되 망설임 없는 결단력을 보인다.

80:20법칙에서 20%의 VIP업체는 수가 적다. 그러기에 소수의 업체만 확보하면 매출이 증가에 효과적인 반면 VIP업체 몇 개를 잃게 되면 매출이 급격히 감소하게 된다. 내가 보유한 VIP거래처가 적다면 이는 위험을 안고 사업을 하는 것이다. 그러기 때문에 VIP업체 확보는 것은 사업에서 중요한 부분인 동시에 항상 노력해야 하는 부분인 것이다.

2장

사업 전에 준비하고 알아두면 좋은 것들

사무실 및 기타용품들

　사업에는 필요하고 알아야 하며 배워야 하는 것들이 많이 있다. 물론 사업을 하다 보면 자연스럽게 하나씩 알게 되지만 미리 알아두면 도움이 되기 때문에 한번 살펴보려 한다.

우선은 사무실 및 기타용품들에 대해서 알아보려 한다. 업종에 따라 다르지만 기본적으로 업무공간인 사무실이 필요하다.

나의 경우 개발업무이다 보니 처음에는 재택으로 시작했다. 사업장주소를 주거지로 내놓고 인터넷 전화를 하나 개설한 후 인터넷에 홍보해 수주를 받아 사업을 시작했다. 업체에 따라 미팅을 요구하는 경우가 있었는데 될 수 있으면 내가 해당 업체를 방문해서 미팅을 했고 거래처에서 방문하겠다고 하면 근처 커피숍 비즈니스 룸에서 미팅을 했다.

재택업무의 장점은 사무실 비용이 전혀 들지 않고 출퇴근 시간이 없어 업무시간 확보라는 장점이 있다. 단점으로는 업무집중도가 떨어질 수 있는 것이다. 휴식공간과 사무공간이 공존하므로 지금 휴식을 취하는지 업무를 보고 있는지 경계가 없어 업무효율이 떨어지는 것이 사실이다. 극복하는 방법으로는 외출용 옷을 입고 업무에 임하는 것이 좋다. 업무시간이 되면 사무실에 출근한다는 마음으로 외출용 옷으로 갈아 입고 업무를 시작하는 것이다. 이때 너무 불편하거나 너무 편한 옷은 업무효율을 떨어트린다. 몸에 약간의 불편함을 느끼는 옷이 업무효율을 극대화시키는데 좋다. 상의는 남방, 하의는 청바지 정도면 무난하다.

　사무실 임차를 생각한다면 해당 지역 부동산에 찾아가 매물을 확인해보고 계약을 하면 된다. 일반적으로 사무실은 임차는 보증금이 작고

월세가 비싸다.

그러다 보니 처음 시작할 경우 월세가 부담이 되는 경우가 많다. 또 부동산 계약이다 보니 계약기간이 최소 1년 단위여서 사무실을 빼고 싶어도 매물이 나가지 않으면 난감한 경우가 발생된다.

사무실을 얻었다 하여 끝이 아니다. 사무용품들을 채워야 하는데 책상, 의자, 프린터, 정수기, 냉장고 등 막상 구매하려면 부담이 된다. 사업이 잘되면 문제가 없는데 사업이 망해버리면 처리도 곤란하고 구매비용도 아깝게 되기 때문에 사무실을 임차할 때는 잘 고려해야 한다.

그래서 개인적으로 사업초기에는 부담과 리스크가 적은 소호사무실을 추천한다. 모든 용품들이 다 구축되어 있고 사무실마다 다르지만 계약기간도 3~6개월로 짧고 보증금 역시 2개월 정도의 월세비용 정도이기 때문이다. 1, 2인실은 일반 사무실에 비해 저렴하지만 3인실 이상인 경우 일반 사무실보다 비쌀 수 있기 때문에 이는 잘 비교해야 한다.

공동사무실도 있다. 업체에서 사무실을 임차했는데 공간이 남아 활용하기 위해 다시 임대를 하는 식인데 소호사무실과 비슷하지만 비용이 더 저렴하다.

그러나 독립되어 사용하는 공간이 아닌 경우가 많아 업무에 방해가 될 수 있다. 공동으로 사용하다 보니 서로 피해를 주거나 받지 않도록 주의해야 한다. 그러다 보면 업무 외 신경 써야 되는 부분이 많아지고 불필요한 스트레스를 받게 되기 때문에 결정하기 전 업무환경을 꼼꼼히 살펴봐야 한다.

이처럼 여러 형태의 사무실이 존재하는데 모두 장단점이 있다. 무엇이 좋고 무엇이 좋지 않다가 아닌 자신의 사업과 가장 적합한 것이 좋은 사무실이기 때문에 잘 판단해 선택하면 된다.

2장 사업 전에 준비하고 알아두면 좋은 것들

그 외에 필요한 사항으로 유선전화, 팩스, 메일, 명함, 도장, 사업자통장 등이 있다.

유선전화는 번호가 쉬운 전화를 받아서 전화를 개설하면 된다. 쉬운 번호는 당연한 말이지만 1111, 1212 처럼 반복되는 번호 1234처럼 연속되는 번호, 연속되는 것 중에도 4321보다는 1234가 숫자가 증가하는 번호가 더 좋다. 번호를 받을 때 자신의 휴대번호가 익숙하다 해서 휴대번호 그대로 사용하는 것은 좋지 않다. 명함에 자신의 번호와 회사번호가 동일하면 회사 대표인 걸 바로 알기 때문에 득보다 실이 더 많을 수 있다.

팩스는 팩스기나 복합기를 구매해 전화기와 연결해 사용하면 된다. 그러나 팩스를 자주 사용하지 않는다면 인터넷팩스를 이용하는 것도 좋다. 번호가 길긴 하지만 월 몇 천원에 팩스를 이용할 수 있기 때문에 훨씬 이득이다.

메일은 개인메일 외에 사업자용 메일을 만들어서 사용하는 것이 좋다. 메일계정을 하나 더 만드는 것이 어려운 것은 아니므로 분리해서 사용하는 것이 길게 볼 때 좋다.

명함은 미팅을 하거나 사람을 만날 때 인사하면서 주고 받기 때문에 꼭 필요하다. 명함제작은 어렵지 않다. 근처 명함 제작하는 업체에 들러 만들면 된다. 이때 최소 수량으로 2~3만원 정도로 제작하면 무난하다.

도장은 계약서를 작성할 때 사용되는데 이때 거래처에서 도장을 보게 된다. 때문에 도장을 만들 때는 목도장보다는 비용을 좀 더 투자해 뿔 도장 같은 고급스러운 도장을 만드는 것이 좋다. 이때 도장만 가지고 다니지 말고 고급스런 케이스에 넣어 다니면 더 좋다.

입금통장은 대표자 개인통장을 사용하지 말고 주거래은행에 가서 사업자용도로 통장을 개설하는 것이 좋다. 통장을 개설할 때 예금주 이름을 사업자명으로 개설할 수 있으니 꼭 사업자용 통장 개설 시 예금주를 사업자 명으로 하기 바란다.

견적서는 무엇인가?

견적은 거래가 이루어지기 전에 미리 거래내용에 따른 비용을 거래처에 알려주는 과정인데 이때 사용되는 문서를 견적서라고 한다. 쉽게 말해 어떠한 작업이나 어떠한 제품을 얼마에 공급해드리겠습니다 하는 내용을 문서로 알려주는 것이라고 보면 된다. 견적서는 공급자, 공급받는 자, 공급내역, 공급비용 등 입력되는 내용은 거의 비슷하고 형식만 약간 다르다.

견적서 양식이 비슷비슷하다고 해서 대충 작성하고 넘어갈 부분은 절대 아니다. 거래처에서 작업을 의뢰할 때는 우리 업체에만 견적서를 요청하는 것이 아니다. 타 업체에도 견적서를 받아보고 우리 업체와 견적내용을 비교한 후에 의뢰를 결정하게 된다. 그렇기 때문에 견적서를 가볍게 봐서는 안 된다. 견적서를 작성할 때에는 깔끔하고 보기 좋게 작성하는 것이 중요하다.

컬러를 넣어 가독성을 높이는 것도 하나의 방법이다. 잘 작성되었다면 고객에게 정확하게 전달해줘야 한다. 일반적으로 담당자 메일로 발송하는데 메일 발송 후 견적 단계가 완료되었다고 생각하는 것은 절대 금물이다. 담당자에게 메일 전달이 안 되는 경우도 있고 바빠서 견적서를 확인하지 못할 수도 있기 때문이다.

그러기에 확인하기 편리하도록 견적서를 보내주고 수취확인까지 해야 한다. 우리 업체에서는 2번의 견적서 발송과 1번의 확인 전화를 한다. 1차 견적서를 담당자 메일로 발송한다. 2차 견적서를 담당자 휴대전화에 문자발송을 한다.

이때 견적서를 확인할 수 있는 고객의 이메일 주소와 클릭하면 바로 확인할 수 있는 견적서 URL주소를 같이 보내준다(시스템이 없는 경우 견적서를 이미지로 만들어 문자에 첨부해도 된다). 메일주소를 같이 보내는 이유는 간혹 담당자가 사용하는 메일주소가 명함과 다른 경우가 있기 때문이다. 마지막으로 메일과 문자 발송 후 20분 정도 뒤에 확인 전화를 한번 한다.

"OOO업체입니다. 견적서를 발송해드렸는데 확인 부탁 드립니다."

"견적서 내용 중에 궁금한 사항은 없으신지요." 이렇게 마지막으로 확인전화를 한다.

이렇게 하면 담당자 입장에서 우리 업체를 판단할 때 적극적이며 열심히 하는 업체구나 라는 생각을 하게 되고 총 3번(메일, 문자, 전화) 업체 명을 상기시키기 때문에 긍정적 업체로 각인될 가능성이 높아진다. 우리 업체에서 사용하는 견적서이다. 참고해서 보다 나은 견적서 양식을 만들기 바란다.

2장 사업 전에 준비하고 알아두면 좋은 것들

HOMPYPLAN

www.hompyplan.com
본견적서는 견적작성후 **14일간** 유효합니다.

1577 - 4010

사업자등록번호	123-45-67890
회사명	M&M
대표	홍길동
주소	서울특별시 서초구 강남대로01길 5 10층 1004호
전화	02-111-2222

TO.홍길동 귀하 견적번호 : 1803230983/ 견적일자 : 2018-03-23

용역내용 : 홈페이지 제작 요청항목

기간, 상담 : 기간,상담 : 메인/서브 확정및 자료제공 완료후 21일

내용	수량	단가	비용	비고
기본제작항목(홈페이지에 가장 기본이 되는 항목입니다)				
[필수사항] 메인&서브디자인(메인시안1개 서브10페이지제공)	1	800,000	800,000	구매
[필수사항] 회원가입	1	350,000	350,000	구매
[필수사항] 커뮤니티(게시판 5개 제공)	1	350,000	350,000	구매
서비스항목(무료로 제공하는 솔루션입니다)				
팝업솔루션	1	200,000	200,000	서비스
방문통계솔루션	1	200,000	200,000	서비스
관리자페이지	1	300,000	300,000	서비스
12개월호스팅 무료(HDD:2G, DB:무제한, 일일트래픽:무제한)	12	10,000	120,000	서비스
옵션항목				
도메인 구매대행	1	30,000	30,000	판매
소계			1,500,000원	
최종견적가			1,650,000원	VAT포함

※입금계좌안내

우리은행: 1002-000-123456, **예금주:** M&M

하나은행: 010-123456-00000, **예금주:** 홍길동

HOMPYPLAN

대표전화: 1544-0000 | 사업자등록번호: 123-45-67890

주소: 서울특별시 서초구 강남대로01길 5, 10층 1004호

이렇게 사업하면 절대 망하지 않는다

계약서는 어떻게 작성하는가?◆

　　담당자가 견적을 확인하고 우리 업체를 선정하였다면 업무에 대한 미팅 후에 계약서를 작성하게 된다. 계약서를 작성할 때에는 명확하게 작성해야 한다. 해석이 주관적일 수 있는 언어는 사용하지 말고 객관적인 언어를 사용해 작성하는 것이 좋다.

　　예를 들어,
　　"갑"은 "을"에게 작업에 상응하는 대가를 지불한다. "을"은 "갑"에게 최선을 다해 업무를 이행한다. 상응, 최선이라는 주관적인 단어를 사용하는 것은 좋지 않다.
"갑"은 "을"에게 0000년 00월 00일까지 비용 000만원을 00계좌로 입금한다.
　　"을"은 "갑"에게 견적서에 작성된 작업을 0000년 00월 00일까지 완료한다.

　　이렇게 명확한 언어를 통해 작성하는 것이 좋다. 작성시 "갑"과 "을"을 혼동하는 경우가 있는데 "갑"은 작업을 의뢰한 업체, 다시 말해 비용을 지불하는 업체를, "을"은 돈을 받고 일을 처리해주는 업체를 말한다. 그러기에 내가 돈을 받고 일을 해준다면 내가 "을"이 되는 것이다.

"혹시 계약서를 명확하게 작성하다 손해를 보는 것이 아닌가?"
"00월 00일까지 해주기로 했는데 작업 일정을 넘겨 법적인 문제가 생기지 않을까?"

이런 근심을 할 수도 있다. 그러나 그렇게 크게 염려하지 않아도 된다. 모든 것은 사람들이 하는 일이다 계약도 작업도 모두 사람이 하는 일이다. 그러기 때문에 일정을 넘길 것 같은 경우 미리 양해를 구하면 대부분 업체에선 한번 정도는 이해해주고 작업일정을 연기해주는 경우가 일반적이다.

물론 일을 성실하게 해줬을 때의 경우다. 나는 하지 않고 다른 업체에서 해주길 바라는 것은 양심 없는 일이다. 작업을 해줄 때에는 손실을 좀 보더라도 최선을 다해서 내일처럼 해주는 것이 가장 좋다 .
그러나 여러 번 진상 부리는 고객을 다룰 때에는 좀더 단호하게 대처할 필요가 있다. 계약서는 법적인 용도로 사용하기 위해 작성하지만 거래처와의 이견이 심할 경우에도 사용한다. 거래처가 말도 안되게 요구하는 경우가 있는데 이때 "계약서에 명시된 대로 처리해드리겠습니다"라고 단호하게 말할 필요가 있다.
그런데 이때 주의할 사항이 있다. 계약서에 대해 언급하는 순간 거래처와는 관계는 끝이라고 보면 된다. 이처럼 계약서 운운하는 것은 가장 마지막 단계에서 신중하게 말해야 한다. 우리 업체에서 사용하는 계약서이다. 참고해보기 바란다.

홈페이지 제작 및 설치에 관한 계약서

계약명: 홈페이지제작 (₩_____) VAT포함

제1조【계약체결】

*거래처 명*을(를) "갑"이라 하고(이하 "갑" 이라 한다) 회사명을(를) "을"이라 하여(이하 "을"이라 한다) "갑"과 "을"은 다음과 같이 계약을 체결한다.

제2조【성실이행】

"갑"과 "을"은 이 계약의 이행에 있어서 신의성실의 원칙에 따라 계약을 이행하며 본 계약은 "갑"과 "을" 상호간의 작업에 관한 전반적인 사항을 규정하고 상호 협조와 신뢰로써 이를 성실히 수행한다.

제3조【자료제공 및 보관】

"갑"은 "을"에게 제작에 필요한 자료를 제공하며 "을"은 제공된 자료를 사이트 제작 목적으로만 사용한다.
"갑"이 "을"에게 제공한 자료에 대한 저작권 문제는 "을"이 책임지지 않는다.

제4조【대금 지급 방법】

1항 "갑"은 "을"의 당해 홈페이지 제작에 따른 개발비를 다음 2항에 따라 현금으로 지급한다
2항 착수금 50% ₩_____원, 잔금 50% ₩_____
원을 "갑"은 "을"에게 지급하며 착수금은 1일 이내로 지급한다.

제5조【"을"의 업무내역】

1항 "을"은 "갑" 으로부터 의뢰 받은 작업내용을 수행한다. (견적서참조)
2항 작업 중에 발생되는 문제는 "을"이 "갑"에게 통지 및 협의를 실시하여 진행한다.

제6조【납기】

1항 "갑"이 "을"에게 요청한 작업을   년   월   까지 "을"의 입장에서 완료한다
2항 "갑"은 "을"이 제작한 작업을 확인 후 이상이 없을 경우 완료 통보하면 검수 후 "을"은 "갑"에게 통보 이후 2일 이내에 제품을 양도한다.

2장 사업 전에 준비하고 알아두면 좋은 것들

제7조【하자보수】

1항 "을"이 제작한 솔루션에 대한 기능상의 하자로 정상적인 운영에 지장을 초래할 경우 "을"은 해당 작업사항에 대해 무상으로 하자 보수를 하여준다. 단 "갑"의 관리 소홀로 하자가 발생한 경우와 계약상 제작범위를 벗어난 경우는 "을"이 책임을 지지 않는다.

2항 "을"이 제작한 솔루션에 대한 관리는 기본적으로 3개월 무료 서비스를 시행한다.

관리의 범위는 "을"의 내규를 따른다.

제8조【계약의 변경】

"갑"과 "을"은 본 계약의 내용을 변경 또는 수정이 필요로 할 때 상호 협의하여 계약 내용을 수정 또는 변경할 수 있다.

제9조【계약의 해지】

"갑"과 "을"은 상대방이 본 계약을 위반하였을 경우 서면통지로서 본 계약의 전부 또는 일부를 해지할 수 있으며 해지에 따른 책임문제는 별도 협의하기로 한다.

제10조【분쟁의 해결】

본 계약과 관련하여 발생하는 분쟁의 경우 "갑"과 "을"은 우호적인 협의를 통하여 분쟁을 해결하도록 노력하며 분쟁이 지속될 때 일반 관례에 따른다.

제11조【별첨】

1항 홈페이지 제작 초기 설치 시 "을"의 호스팅을 기본으로 한다.
다른 호스팅 사용시에는 셋팅 시에 별도의 협의가 있어야 하며 설치비용 (150,000원)이 발생한다.
설치 시 발생하는 문제에 대해서 별도 협의한다

2항 홈페이지 메인 작업 시 "갑"이 "을"에게 제공한 참고 사이트를 기준으로 하며 시안작성 완료 후 참고사이트 변경 시 별도 협의한다.

3항 작업 진행단계에서 작업이 끝난 부분에 대한 작업을 요청할 경우 별도 협의 후 진행한다.

4항 시안 완료 후 시안 변경에 해당하는 작업을 요청할 경우 별도 협의 후 진행한다.

제12조【기타】

1항 "갑"과 "을"은 본 계약조건에 의하여 계약을 체결하고 본 계약의 사실을 증명하기로 한다.

2항 "갑"과 "을"이 직접 만나서 계약서를 작성하지 않을 경우 "갑"이 2부를 출력이나 다운로드 하여 서명 날인 후 "을"에게 계약서 2부를 발송한다.

"을"도 동일하게 날인 후 한 부는 "을"이 다른 한 부는 "갑"에게 발송하여 각각 한 통씩 소지한다.

3항 계약서 다운로드나 출력 이후에는 본 문서를 일체 변경하지 아니하고 위의 사항을 진행한다.

···

"갑" 상호 : 거래처 명
      사업자번호 : 123-45-67890
      대표자 :   (인)
      주소 :

"을" 상호 : 회사명
      사업자번호 : 123-45-67890
      대표자 : 홍길동   (인)
      주소 :

년   월   일

◆회계장부를 꼭 기록하라

가정에서 가계부를 쓰는 이유는 현명한 소비를 위해서다. 가정에서 수입과 지출을 정확하게 파악한다면 불필요한 소비를 줄일 수 있게 되고 그로 인해 더 많은 부를 축척할 수 있게 된다. "난 머리로 다 기억하고 카드로만 쓰기 때문에 카드명세서를 보면 다 알아, 가계부를 쓸 필요가 없다"라고 말하는 사람이 있다면 2달 정도만 작성해보라고 권하고 싶다. 작성해보면 길게 설명하지 않아도 필요성을 단번에 알 수 있게 될 것이다.

회사에는 회계장부라는 것이 있다. 참 거창한 단어인 것 같다. 그냥 쉽게 회사에서 쓰는 가계부라 생각하면 된다. 문구점에 가면 쉽게 구매할 수 있으면 가계부로 적어도 되고 양식이 간단해 엑셀로 만들어 매달 관리해도 된다. 회계장부를 쓰는 이유는 현명한 지출을 위해서도 필요하고 자금에 대한 흐름을 파악하기 위해 필요하며 더 나아가 사업투자를 위해서도 필요하다.

사업의 단점 중에 하나가 매달 수입이 일정하지 않다는 것이다. 월급은 매달 들어오는 돈이 일정하기 때문에 쉽게 계획을 세울 수 있지만 사업은 일정하지 않아 계획 세우기가 어렵다. 어느 달은 매출이 200%가 넘을 때도 있고 어떤 달은 적자가 날 때도 있다.
매달 수입이 다르기 때문에 매달 지출을 다르게 계획을 세워야 하는 것인가? 그렇지 않다. 수입이 어떠하던지 간에 지출에 대한 계획은 일정하게 세워야 한다.

물론 긴축을 해서 약간을 변경할 수는 있지만 널뛰기식의 지출 계획은 좋지 않다. 정확한 계획을 세우기 위해서는 수입과 지출을 정확하게 파악해야 하는데 이때 사용되는 것이 회계장부이다. 사업에 매출은 일정하지 않다. 그러기에 회계장부를 통해 정확하게 매출형태를 파악해 지혜롭게 계획을 세워야 하는 것이다. 그래야만이 수입의 일정하지 않아도 안정적으로 사업을 이끌어갈 수 있는 것이다.

사업을 하다 보면 미수금이 발생하게 된다. 업종에 따라 다르겠지만 미수금이 3개월 이후에 회수되는 경우도 있다. 개인적으로 자금 회수가 너무 긴 업종은 하지 않는 것을 추천한다. 일반적으로 1개월 이내로 자금 회수가 되는 것이 개인적으로 좋다고 판단한다.
물론 자금회수가 긴 경우 제작단가가 고가인 경우가 많아 추후 고려해볼 만한 사업이겠지만 청년 창업과 같은 경우는 그렇게 좋은 형태는 아니다. 자금 회수기간이 길다 보면 적자인데도 불구하고 흑자로 판단하거나 반대로 흑자인데도 적자로 판단할 수 있다. 그러기에 회수기간이 길면 길수록 자금내역이 쉽게 눈에 들어오지 않는다.
그러나 회계장부를 잘 작성하고 관리한다면 자금흐름을 파악할 수 있어 흑자 같은 적자일 때에도 긴축할 수 있는 것이다. 자금 회수주기가 길면 길수록 자금흐름 파악이 어려우므로 회계장부는 꼭 작성해야 하는 것이다.

회계장부는 제품에 대한 개선할 점과 발전시킬 점을 알려준다. 매출이 많은 것은 그것에 따른 이유가 있기 때문에 매출이 좋은 것이고, 저조한 것은 또 그 나름대로의 이유가 있다. 그러기에 이유를 잘 판단하고 개선할 것은 개선하며 발전시킬 것은 발전시키는 것이 사업이 득이 된다. 이때 기준이 되는 것이 객관적인 매출데이터인데 회계장부를 통해 파악할 수 있다.

2장 사업 전에 준비하고 알아두면 좋은 것들

또한 회계장부를 통해서 매출액을 예상할 수 있게 된다. 이렇게 된다면 안정적으로 사업확대를 할 수 있게 된다. 너무 많은 예산을 잡아서 사업 확대 시 부담이 되어 원래 사업마저 흔들릴 수 있다. 그렇지만 회계장부를 통해 영업이익을 정확하게 파악한다면 매달 예상할 수 있는 영업이익 내에서 재투자를 하기 때문에 안정적인 투자가 되는 것이다.

회계장부 작성을 통해 얻는 득은 앞서 말한 것 이상으로 많다. 회계장부 작성은 득을 얻기 위해 작성하는 것은 결코 아니다. 당연히 작성해야 해서 작성했더니 득이 많은 것이다. 사업은 돈을 벌기 위해 하는데 돈을 번 내역을 기록하지 않는다는 게 말이 되겠는가?

사업자신고 및 사업자등록증 ◆

05

　　사업을 시작할 때 세무서에 사업신고를 하게 되면 사업자등록증을 발급받을 수 있다.

　　신고하는 것은 어렵지 않다. 관할세무서에 자신의 주민등록증, 사무실 임차계약서를 가지고 등록하면 된다.

사 업 자 등 록 증
(일반과세자)
등록번호 : 123-45-6789

상　　　　호 : (주)홍길동
성　　　　명 : 홍길동　　　　　　생 년 월 일 : 1990 년 01 월 01 일
개 입 연 월 일 : 2000년 01 월 01 일
사 업 장 소 재 지 : 서울특별시 00구 00대로00길 0, 00층 00호

사 업 의 종 류 : 업태 서비스　　　　종목 홈페이지제작

발 급 사 유 :
공 동 사 업 자 :

사업자 단위 과세 적용사업자 여부 : 여( ) 부(∨)
전자세금계산서 전용 전자우편주소 :

2017 년 01 월 01 일

서 초 세 무 서 장

NTS 국세청

사무실 없이 자신의 집에서 일을 하는 경우 집을 사업장으로 낼 수 있다.

이때 전임신고가 된 자신이 살고 있는 집에 대한 임차계약서를 들고 가면 된다. 세무서에 가서 모르는 것은 하나씩 물어보며 진행하면 된다. 그래도 기본적인 분류 정도는 알고 가는 것이 좋다.

사업자등록에는 법인과 개인 사업자로 나뉘어지고 또 개인사업자는 간이과세자 일반과세자로 나뉘어진다. 이렇게 나누는 기준은 매출에 따라 나눈다고 생각하면 쉽다. 매출이 발생되면 그에 따른 세금이 부과되는데 이때 세금을 내는 비율이 법인, 개인사업자가 다르고 또 개인사업자에 간이, 일반과세자가 다르기 때문이다. 매출에 관한 세율을 정부정책에 따라 변동이 있기 때문에 정확한 세율은 인터넷에 검색이나 세무서에 문의해보면 쉽게 확인할 수 있다.

구분	2017년		2018년	
	과세표준	세율	과세표준	세율
법인사업자	~2억	10%	~2억	10%
	2억~200억	20%	2억~200억	20%
	200억~	22%	200억~3,000억	22%
			3,000억~	25%
개인사업자 (일반과세자)	~1,200만원	6%	~1,200만원	6%
	1,200만원~4,600만원	15%	1,200만원~4,600만원	15%
	4,600만원~8,800만원	24%	4,600만원~8,800만원	24%
	8,800만원~1.5억	35%	8,800만원~1.5억	35%
	1.5억~5억	38%	1.5억~3억	38%
	5억~	40%	3억~5억	40%
			5억~	42%

확인해보면 알겠지만 매출 구간에 따라 세율이 다르게 적용되는 것을 알 수 있다. 물론 꿈을 크게 잡고 1년 매출 100억 예상하여 법인사업자를 내도 된다. 그렇지만 현실을 즉시하고 객관적인 관점에서 매출을 산출하는 것이 좋다. 왜냐하면 법인사업자인경우 1년 4번의 부과세납부신고를 해야 하며 세무신고도 개인이 하기 어려워 세무대행업체의 도움을 받아야 하는데 이 또한 비용이 발생되기 때문이다.

1인 창업이나 친구들끼리 창업을 꿈꾼다면 법인사업자보다는 개인사업자를 내는 것이 좋다. 개인이나 청년창업인 경우 처음 1년엔 매출을 1억 넘기기도 어렵다. 그러기 때문에 개인사업자로 내는 것이 좋고 1년에 2천만 원 매출 올리기도 어려울 것 같은 경우 개인사업자 > 간이과세자로 신청하면 된다.

그런데 이때 주의해야 할 사항은 간이과세자는 세금계산서 발행을 할 수 없다. 그렇기 때문에 거래처에서 세금계산서 발행이 예상되는 경우 일반과세자로 신청해야 한다. 1인 창업, 청년창업이라면 개인사업자에 일반과세자로 신청하면 된다. 이후에 적정매출이 오르게 되면 매출에 맞게 사업자 종류를 바꾸면 된다.

2장 사업 전에 준비하고 알아두면 좋은 것들

기본적인 세금신고
(부가세, 원천세, 종합소득세)
부가세(세금계산서)

세금계산서는 사업자가 부가세를 포함한 매입매출내역을 세무서에 신고하는 양식이다. 세무서에서는 세금을 위해 사업자의 매입매출내역을 세금계산서를 통해 파악하게 된다. 이때 부가세는 소비자가 부담한다.

예를 들어 원가 100만원의 물건을 판매할 때 세금계산서를 발행해주고 부가세 10%인 10만원을 포함해 110만원을 받게 된다. 소비자는 물건의 가격은 100만원이지만 부가세 10만원을 더 지불해서 110만원에 구매하게 되는 것이다. 카드결제인 경우는 자동으로 세무서에 신고가 되기 때문에 카드결제 자체가 세금계산서발행 및 신고라고 보면 된다. 카드영수증을 자세하게 보면 1,000원짜리 물건 구매 시 원가:909원 + 부가세:91원 이런 부분을 볼 수 있을 것이다. 즉, 909원짜리 물건을 사고 91원의 부가세를 소비자가 부담한다는 뜻이다. 간혹 계산서 개념이 부족해 거래처에 "카드로 결재한 후에 계산서도 발행해주세요"라고 하는 경우가 있는데 이건 계산서를 2번 발행하게 되는 것이기 때문에 발행 받을 수 없다.

세금계산서 작성 및 신고는 hometax.go.kr 에서 "전자세금계산서 발급 메뉴"를 통해 작성 신고하면 된다. 발급과 동시에 세무서에 신고가 되며 발행한 내역은 취소할 수 없기 때문에 신중하게 작성해야 하며 부득이하게 취소하고자 하는 경우에는 마이너스 계산서를 추가 발행하면 된다. 실수로 110만원을 발행했다면 -110만원을 다시 신고해서 0원으로 맞추는 방식이다.

전자세금계산서						승인번호	20180101-10000000-12345678		
공급자	등록번호	111-12-12345	종사업장번호		공급받는자	등록번호	000-01-12345	종사업장번호	
	상호(법인명)	(주)심청이	성명	심청이		상호(법인명)	(주)홍길동	성명	홍길동
	사업장	서울특별시 00구 00로 00층 00호				사업장	서울특별시 00구 00대로00길 0 00층 00호		
	업태	서비스	종목	서버호스팅		업태	서비스	종목	홈페이지제작
	이메일	심청이@naver.com				이메일	홍길동@naver.com		
						이메일			

작성일자	공급가액	세액	수정사유
2018/05/31	600,000	60,000	
비고			

월	일	품목	규격	수량	단가	공급가액	세액	비고
05	31	서버호스팅및소프트웨어사용료				600,000	60,000	

합계금액	현금	수표	어음	외상미수금	이 금액을 (영수) 함
660,000	660,000				

Hometax 본 인쇄물은 국세청 홈택스(www.hometax.go.kr)에서 발급 또는 전송 입력된 전자(세금)계산서 입니다.
발급사실 확인은 상기 홈페이지의 "조회/발급>전자세금계산서>제3차 발급사실 조회"를 이용하시기 바랍니다.

개인적으로 사업초기에 거래처에서 계산서를 요구하면 10% 비용을 더 받고 계산서를 발행해주기 때문에 매출 10%가 늘어나는 효과를 얻어 좋은 것이라고 생각했다. 반면 거래처에서 10% 비용을 더 주고 계산서 발행하는 행동이 이해가 되지 않았다.

"구매비용의 10%을 더 내가면서까지 왜 계산서를 발행하지?"라고 생각했는데 이를 정확하게 알게 된 것은 다음해 5월 종합소득세(1년 수입에 대한 세금)를 신고할 때였다. 10%의 비용을 더 지불해서라도 계산서를 많이 발행 받게 되면 소득이 적게 잡혀 종합소득세를 적게 내는 것을 알게 된 것이다.

처음 부가세를 신고하고 납부할 때 내가 세무서에 부가세라는 돈을 납부하니 나의 수입에 대한 세금을 내는 것으로 생각했다. 하지만 그렇지 않다. 부가세는 내가 내는 세금이 아닌 거래처의 세금을 내가 대신해서 납부해주는 것이다.

생각해보면 거래처에서 10%을 더 준 것 아닌가. 왜 그랬겠는가? 자신들의 세금을 대신 납부해달라고 준 것이다. 절대 부가세 10%는 매출이 아니다. 거래처에서 세금을 내게 잠깐 맡긴 것이다. 내 주머니에서 돈이 나간 거라 해서 내가 낸 세금이 절대 아닌 것이다. 이처럼 부과세에 대한 명확한 개념정리가 필요하다.

부가세신고는 개인사업자인 경우 1~6월 내역을 7월에 7~12월 내역을 1월에 신고해 연2회 신고하게 되고 법인사업자인 경우 1~3월 내역 4월에, 4~6월 내역 7월에, 7~9월 내역 10월에, 10~12월 내역 1월에 신고해 연4회 신고하게 된다.
이때 개인 같은 경우 6개월에 한번 신고하다 보니 부가세 납부금액이 누적되어 부담이 되어 예정고지를 하게 된다. 예정고지는 부과세 납부 중간중간인 4월과 10월에 전년도 부가세 납부금액을 기준으로 6개월의 부가세를 절반으로 나누어 미리 납부하게 하는 것이다.

부과세납부할 때는 자신이 발행한 내역과 발급받은 내역의 차액을 납부하게. 된다. 다시 말해 수입-지출에 대한 부가세 금액을 납부하는 것이다. 자신이 110만원(Vat 10만원)의 세금계산서를 발행해주고 55만원(Vat 5만원)의 세금계산서를 발급 받았다면 부가세는 10만원-5만원=5만원을 납부하게 된다.
이때 사업에 필요한 비용을 사업자용 카드로 결제한 경우 공제받을 수 있게 된다. 카드결제는 앞서 말한 것처럼 세금계산서와 동일하기 때문에 영수증에 적혀있는 부가세만큼 공제받을 수 있다. 사용내역을 100%로 공제받는 것은 아니다. 자신이 사업이 아닌 개인용도로 사용된 지출은 공제받을 수 없으며 이 기준은 국세청에서 정해놓은 항목이 존재한다.
일반적으로 세금계산서에 비해 카드영수증은 신고해야 되는 수량이 많다. 그러기에 일일이 등록하는 것 자체가 번거롭고 시간도 많이 소요되기 때문에 홈택스에 사업자용 카드로 등록해놓으면 클릭만으로도 쉽게 신고할 수 있다.

원천세

원천세는 근로소득세, 퇴직소득세, 사업소득세 등 소득을 지급하는 쪽에서 세금을 미리 떼서 대신 납부해주는 세금을 원천세라고 한다. 쉽게 말해 직원(알바생)은 회사에서 급여를 받고 받은 급여에 대한 세금을 납부해야 한다.

그런데 직원이 일일이 세금에 대해 신경 쓸 수 없기 때문에 회사에서 대신 직원의 세금을 신고하고 납부해주는데 이것을 원천세라 한다. 원천세는 직원이 내는 세금이기 때문에 회사에서는 급여를 지급할 때 원천세를 제하고 급여를 지급하게 된다. 원천세는 매월 10일까지 전월의 내역을 신고 납부해야 한다.

종합소득세

연말연초가 되면 회사원들은 연말정산하기에 분주하다. 연말정산은 한해 동안 자신의 얻은 소득을 신고하는 것이다. 이때 신고한 내역과 원천세 등으로 이미 납부한 세금과 비교하여 환급 받거나 더 납부하게 되는 것이다.

개인에게 연말정산이 있다면 기업에게는 종합소득세가 있다. 종합소득세는 기업이 한해 동안 얼마의 수입을 올렸는지 신고하고 그에 따른 세금을 내는 것이다.

종합소득세는 5월에 신고 납부하게 되는데 이때 전년도의 내역을 신고하게 된다. 5월에 납부하니 전년도 5월부터 금년도 4월까지가 아닌 전년도 1월부터 12월까지 12개월의 수입내역을 확정 신고해야 한다.

여담이지만 세금에 대한 생각은 잘 정리할 필요가 있다.

"내가 고생하고 어렵게 번 돈을 국가에게 왜 납부해야 하나?"
"왜 생각보다 많은 세금을 납부하도록 강요하나?"

　이런 불평불만이 있을 수 있다. 그러나 국가가 있기에 사업을 할 수 있고 사업을 하기에 돈을 벌 수 있으면 일정비용을 국가에게 세금형태로 환원해주는 것이 마땅한 것이다. 이왕 납부하는 세금, 애국한다는 마음으로 즐겁게 납부하면 정신건강에도 좋다. 국가에서 세금은 무리하게 요구하지 않는다. 수입이 많으면 세금을 많이 내는 것은 당연한 것이다. 나는 적게 벌고 적게 내기보다는 많이 벌고 많이 내는 쪽을 택하겠다.

법률 이 정도는 알아두자 ◆
(저작권, 내용증명, 소액재판)

사업을 할 때 내가 만든 걸 정당한 비용을 받고 판매하고, 다른 사람이 만든 것은 정당한 대가를 지불하여 사용하고, 다른 사람이 만든 것을 내가 만든 것처럼 사용하지 않으면 일반적으론 법적인 문제가 발생하지 않는다.

하지만 자신의 수입을 쉬운 방법으로 올리려 할 때 법적인 문제가 발생하게 된다. 그 중 특히 저작권에 대한 문제는 민감한 문제에 속한다.

예전 견적문의 중 저작권 관련 문의를 받은 적이 있다.

자신의 홈페이지에 사용되고 있는 글씨체가 있는데 해당 글씨체의 허가증을 요청하는 팩스를 받았다며 우리 쪽에 해당 글씨체 허가증이 있는지, 있다면 비용을 드릴 테니 우리 회사가 홈페이지를 제작해줬다 라고 해달라는 문의였다.

몇 년 전에 이러한 팩스가 참 많이 돌았다. 정당하게 자신의 저작권이 침해 받았다고 판단해 보내는 팩스라면 백 번이고 천 번이고 보내는 것이 옳은 행동이다.

그런데 무작위로 모든 홈페이지에 팩스를 보내 업체 중에 법적인 대응이라는 문구에 겁을 먹고 전화해서 알아보면 그때 합의를 해주며 돈을 요구하는 경우가 있었다. 어떤 업체는 해당 글씨체를 사용하지도 않았는데 팩스를 받는 경우도 있었다. 정당한 대가 없이 사용한 업체에서 1차적인 책임이 있겠지만 이를 또 악이용하는 업체 역시 도덕적인 면에서는 자유롭진 못할 것이다.

"글씨체에 무슨 저작권이 있어"라고 생각할 수도 있다. 그러나 자신이 만들지 않은 거라면 누군가 시간과 노력을 들여 제작한 것이기 때문에 저작권이 당연히 있다. 이미지, 사진 심지어 문구까지 모든 것엔 저작권이 있다고 생각하면 된다. 다시 말해, 사용하고자 하는 경우 대가를 지불하거나 자신이 직접 만들어 사용해야 되는 것이다.

일반적으로 업체에 의뢰하게 되면 저작권을 다 확보한 다음에 제작하기 때문에 신경 쓸 것이 없지만 제작해주는 입장에서는 저작권을 확보해 제작해야 한다.

앞에서 언급한 업체의 요구는 들어주지 않았다. 비용을 지불한다 하여도 몇 만원에 불구하고 또 우리가 제작했다 하여 추후에 발생될 수 있는 추가적인 저작권 문제를 우리가 떠안을 수는 없었기 때문이다.

소탐대실이란 말이 있듯이 작은 것을 얻기 위해 큰 것을 잃을 수는 없었다. 사업을 한다면 눈앞에 있는 이득을 얻기 위해서 자신의 신념과 양심을 버려서는 안 된다. 나중에 더 큰 대가를 지불할 수도 있기 때문이다.

사업을 하다 보면 내용증명을 보낼 때도 받을 때도 있다. 내용증명은 발신인이 작성한 문서를 수신인에게 등본으로 보낼 때 언제 누구에게 보냈는지를 우체국장이 증명하는 제도이다. 이때 동일문서 3통을 발신인, 수신인, 우체국 각각 1통씩 문서를 갖게 된다.

왜 내용증명을 보내는가? 사업을 하다 보면 구두로 이루어지는 것들이 종종 있다. 서로간 업무진행 과정에서 문제가 없으면 서로 이해하고 양보하며 일을 하는 것이 일반적인데 간혹 그러지 못한 경우가 있다. 계약서의 내용을 이행하지 않는 경우가 대표적인 경우이다.

우리 같은 경우 내용증명을 발송하는 경우는 작업은 했는데 입금을 해주지 않을 때이다.

입금 일이 지나자마자 다음날 내용증명을 작성해 발송하지는 않는다. 처음에는 입금이 되지 않았다며 "입금확인 부탁 드립니다"라는 문자를 보낸다. 이유는 깜박 잊고 있었을 수도 있기 때문이다. 그래도 입금이 되지 않으면 2~3일 정도 후에 직접 전화를 걸어 "입금되지 않았습니다. 입금 부탁 드립니다"라고 구두로 말을 한다.

그래도 입금이 되지 않는 경우 2~3일 후에 다시 걸어 "입금이 아직까지 되지 않았네요. 제가 입금확인 전화를 계속 드릴 수 없으니 언제까지 입금해주실 수 있는지 날짜를 알려주시면 그 이후에 전화를 드리겠습니다"라고 말하면 대부분 날짜를 알려준다. 이때 날짜를 받고 입금이 되지 않으면 입금날짜 이후에 다시 한번 전화를 하는데 이 과정이 2~3번 정도 반복된다면 거래처에서는 입금할 의사가 없다고 판단하여 내용증명을 준비한다.

사실 내용증명자체가 법적인 효력이 있는 것은 아니다. 그렇지만 추후 재판을 할 때 내용증명자체가 증거자료이기 때문에 효과적으로 활용할 수 있다.

물론 다른 문서도 증거자료가 될 수 있다. 그러나 증명하기가 번거롭고 까다롭기 때문에 검증이 완료된 내용증명을 확보하는 것이 효과적이다. 재판까지 가지 않더라도 내용증명을 보내는 것만으로도 충분한 효과가 있다. 내용증명을 받은 거래처 입장에서는 "법적인 조치를 취하려 하는 구나"라는 생각을 하게 되어 일이 쉽게 풀리는 경우가 있기 때문이다. 물론 서로 간의 의견이 좁혀지지 않은 경우는 내용증명을 내가 다시 받을 수 있지만 상대에게 나의 강경한 의사를 전달하기에 내용증명만한 것이 없다.

내용증명을 보냈는데도 불구하고 비용처리가 되지 않는다면 그 다음으로 소액재판을 청구하는 방법이 있다. 재판을 하게 되면 시간도 많이 걸리고 절차도 까다롭고 소송비용도 많이 발생되어 포기하는 경우가 많다.

그러나 소액재판은 소송금액이 3천만 원 이하인 경우에 청구할 수 있는데 시간도 짧고 절차도 간단하며 소송비용도 적게 들어 활용하기 좋은 제도이다. 소액재판을 청구할 때 증거자료로 계약서와 내용증명을 첨부하면 간단하게 재판을 진행할 수 있게 된다.

그러나 개인적으로 법적인 조치까지 취하라고 추천하고 싶지는 않다. 서로 간의 대화로서 원만하게 해결하는 것을 추천하고 싶다.

그래도 안되면 그냥 포기하라고 추천해주고 싶다. 나 역시 사업을 하면서 적게는 몇 십 만원에서 몇 백 만원까지 받지 못하는 경우가 있었다. 출근하는 길에 "대신 돈 받아드립니다"라는 광고 문구를 보고 "한번 연락해볼까"라는 생각도 했다.

그런데 지금까지 사업을 하면서 받지 못한 미수금이 얼마일까 해서 데이터를 내보았는데 전체 1%정도인 걸 알게 되었다. 1%정도라면 미수금치고 상당히 괜찮은 수치였다.

내가 업체에 작업을 해줄 때 고객만족을 위해 비용의 130%까지 작업을 더해준다. 수치로 파악해보니 30%는 더 해주면서 1%를 포기하지 못한다는 결론에 도달한 것이다. 1%때문에 시간을 낭비하고 스트레스는 받고 이처럼 비생산적인 방법이 어디 있나. 그럴 바엔 깔끔하게 1%를 포기하는 것이 훨씬 생산적이란 판단이다.

사업을 하면서 위에서 언급한 저작권, 내용증명, 소액재판 정도는 알아두는 것이 도움이 될 것이라 판단해서 언급해보았다.

3장

내가 먼저 도덕성과 실력을 갖춰야 한다

모르면 모른다고 하라

낯선 길을 가게 된 적이 있었다. 길을 잘 모르다 보니 주위에 길가는 사람에게 길을 물어본 적이 있다. 그때 그분은 자신감이 넘치는 말투로 친절하게 길을 알려주었다. 전혀 의심하지 않고 알려준 방향으로 열심히 가기 시작했다.

그런데 알고 보니 반대 방향을 나에게 알려준 것이다. 그분은 자신도 길을 잘 모르면서 꼭 알고 있는 것처럼 나에게 알려준 것이다. 자신이 모르면 모른다고 말을 하지 왜 아는 것처럼 말을 해서 길을 찾는데 방해를 했는지 모르겠다. 모른다고 말을 했다면 나는 다른 사람에게 물었을 것이고, 정확하게 아는 사람이 안내해줬다면 길을 수월하게 찾아갔을 것이다.

자신이 어설프게 알거나 잘 모르면 솔직하게 말해주는 것이 서로에게 도움이 된다. 자신의 정확하지 않은 정보는 타인에게 도움은커녕 방해가 된다. 만약 정확하지 않은 정보를 제공하려면 정확하지 않은 정보라 꼭 밝혀 수용하는 사람이 판단할 수 있도록 기회를 줘야 하는 것이다.

우리 같은 경우 예를 들어보면 프로그램언어는 일상언어와 유사하다. 언어란 것은 커뮤니케이션을 위해 사용되는데 일상 언어는 사람과 사람과의 대화를 위해 사용되고 프로그램언어는 사람과 컴퓨터와의 대화를 위해 사용된다. 우리가 사용하는 언어에는 영어, 중국어, 일본이 등 다양한 외국어가 있듯이 프로그램언어 에서도 C, C++, 자바, 파이썬,

PHP, ASP, JSP 등 여러 언어들이 존재한다. 이처럼 다양한 언어가 존재하는 이유는 환경에 따라 목적에 따라 쓰임새가 각각 다르기 때문이다. 그러나 일반적인 사람들은 프로그램 언어가 하나만 있는 줄 안다. 그러기에 컴퓨터 프로그램을 개발한다고 하면 모든 프로그램을 개발하고 수정할 수 있다고 생각한다.

위와 같은 생각을 가진 고객들이 작업을 의뢰한다면 프로그램 언어의 다양함을 설명하고 자신이 불가능한 작업인 경우 명확하게 작업이 불가능하다고 알려줘야 한다.

계약에 욕심을 부려 화를 자초하면 안 된다. "수정이니 조금만 공부하면 충분히 할 수 있어"라고 생각하고 계약한다면 크게 실수하는 것이다. 자신이 주력이 아니면 아니라고 분명하게 말하고 "수정은 가능하나 시간이 좀 더 소요될 수 있습니다"라고 거래처에 명확한 설명해줘야 한다. 거래처에서는 수정업체를 찾기 어려운 경우 시간을 감안해가며 수용할 수도 있기 때문에 거래처에 정확하게 설명해주고 거래처의 판단을 기다려야 한다. 그렇지 않고 무조건 할 수 있다고 덤벼들었다가 이후에 포기하게 되면 작업완료를 애타게 기다리던 거래처는 어떻게 되겠는가? 비용을 환불 받는다 해도 시간은 시간대로 기회비용은 기회비용대로 날리게 되는 것이다. 자신이 할 수 없는 일을 할 수 있다고 자신하고 수주를 맡는 일은 범죄행위와 같은 것이다. 자신이 할 수 없는 것을 인정하는 것은 부끄러운 일이 아니다. 오히려 할 수 없으면서 할 수 있는 것처럼 숨기는 것이 부끄러운 일임을 명심해야 한다.

그러나 이런 경우는 잘 분별할 줄 알아야 한다. 자신이 할 수 없는 것이 아닌 부족한 부분이다. 이 부분은 할 수 없는 일과는 다르다. 부족한 부분을 할 수 없는 일이라고 판단해서 시도조차 하지 않는다면 더 이상 발전을 기대할 수 없다. 자신의 부족한 부분은 잠을 줄여가면 배우고 개선해나가면 되는 것이다.

노력하면 개선해나갈 수 있는 부분을 못하는 걸로 결론을 내린다면 어

3장 내가 먼저 도덕성과 실력을 갖춰야 한다

떠한 발전이 있겠는가? 부족한 부분과 못하는 부분은 잘 분별할 줄 알아야 한다.

이처럼 부족한 부분이 아니고 못하는 부분이라면 분명하게 인정하고 말하는 것이 양측 모두에게 좋은 것이다. 거래처에서 "우리를 실력 없는 업체로 판단하진 않을까?", "무시하진 않을까?"라고 생각할 수 있다. 그러나 거래처에서 어떻게 생각하던 그건 거래처의 자유이고 이런 일로 일희일비할 필요가 전혀 없다. 축구 국가대표선수에게 왜 야구는 못하냐고 무시하는 것과 비슷한 논리이기 때문이다. 모르면 모른다, 못하면 못한다 인정하는 것은 또 하나의 실력이다.

정직하게 운영해야 한다 ◆

　사업의 첫 번째 덕목이 무엇이냐 물어본다면 나는 한치의 망설임 없이 정직함이라고 말하겠다. 그만큼 나에게 있어 정직함이란 그 무엇보다 가장 중요한 덕목이다.

사업을 하다 보면 여러 가지 많은 유혹에 빠지게 된다. 세상 일 대부분이 그렇듯 정직하게 하면 손해보고 부정직하게 하면 많은 이득을 얻기 때문이다. 그러나 정직하지 못하게 수입을 거두는 것은 오래가지 못하며 언젠가는 대가를 치르게 되어있다.

　우리에게 찾아오는 업체들 중에 이쪽 개발분야에 전혀 모르는 문외한들이 가끔 개발을 의뢰하는 경우가 있다. 이 분들의 특징은 자신의 분야에는 자타가 공인하는 달인이데 개발업무 쪽만 문외한이라는 것이다. 전혀 모르다 보니 예산은 어느 정도 잡아야 하는지, 기간을 얼마나 걸리는지, 전혀 감을 잡지 못하는 경우가 많다.

이때 잘 모른다고 비싼 비용을 제시하거나, 기간을 늘리거나, 업무자체를 간소화하거나, 계약서를 본인 위주로 작성하거나 해서는 절대 안 된다. 잘 아는 업체이건, 잘 모르는 업체이건 위 사항들에 영향을 미쳐서는 안 된다. 영향이 미쳐야 되는 부분이 있다면 그것은 설명부분일 것이다. 잘 모르기 때문에 업무에 대한 설명을 더 많이 풀어서 알아듣기 쉽게 설명해야 되는 것 이외에 다른 곳에 영향을 미쳐서는 안 된다.

이들이 언제까지 모르는 업체로 머물겠는가? 미팅은 나와 처음으로 했다면 잘 모르고 생소한 부분이 많이 있겠지만 나와만 미팅을 하는 것이 아니고 타 업체와도 미팅을 하기 때문에 금세 자신들만의 안목이 생기게 된다. 언제까지나 초보자가 아니라는 것이다. 그러기에 고객과의 미팅과 이후 작업에 있어서도 그들이 알던 모르던 정직하게 최선을 다해 처리해줘야 하는 것이다.

　개발업무는 눈에 보이는 영역도 있지만 눈에 보이지 않는 영역도 존재하는 업무이다. 개발업무만 그렇겠는가? 다른 사업영역에도 이러한 것은 분명 존재한다. 여기에서 말하고자 하는 것은 눈에 보이지 않는다 해서 작업을 하지 않거나, 대충 작업을 하고 비용을 받아서는 안 된다는 것이다. 이런 행위는 양심 불량이다. 그런데 이런 업체들이 의외로 많이 존재한다.

　제작해준 거래처를 더 이상 신뢰할 수 없어 우리 업체에 의뢰하는 경우가 있다. 미팅을 하면서 추가적인 작업을 의뢰 받고 작업을 진행하다 보면 전 업체에서 대충 작업을 하거나 작업 자체를 안 한 경우가 있다. 10년 넘게 이쪽 분야에서 일을 하다 보니 작업내역을 분석해보면 실력이 부족해서 나온 결과물인지 아님 작업을 대충해서 나온 결과물인지 알 수 있게 되었다. 전자는 이해가 된다. 그럴 수도 있지 않겠는가. 처음부터 잘하는 사람은 없으니 발전해나가면 되지 않겠는가?
물론 제작의뢰자에게는 양질의 제품을 납품하지 못해 미안한 일이지만 사업을 하는 사람 입장에서는 100번이고 이해가 된다. 그런데 후자는 문제가 있다. 아무리 좋게 생각하려고 해도 이해가 되지 않는 양심 없는 사람들이다. 이런 사람들 때문에 많은 업체들이 욕을 먹게 되는 것이다. 안 보이는 부분을 대충하면 보이지 않기 때문에 아무도 모르겠는가? 절대 그렇지 않다. 시간이 문제지, 언젠가 누군가를 통해 알게 되는 것이다. 사업을 한다면 눈에 보이건, 보이지 않건, 정직하게 최선을 다해 작업해줘야 하는 것이다.

나 역시 잘 모르는 분야에 대해 의뢰해야 되는 경우가 있다. 특히 자동차에 대해 잘 모른다. 오일교환은 엔진오일만 하면 되는지 알고 있는 사람 중 하나다. 자동차가 이상이 생겨 카센터에서 저렴한 비용으로 수리를 했다 해도 항상 바가지 쓴 것 같은 기분이 든다. 그런데 정직하게 운영하는 카센터라면 바가지 쓸 이유도 의심할 필요도 없을 것이다.

사업을 하는 사람이라면 고객들보다 더 높은 도덕성을 갖춰야 된다. 고객이 나를 속일지라도 더 정직하게 응대하고 일을 해줘야 하는 것이다.
처음에는 손해 볼 수 있다. 그러나 처음에 손해는 사업을 하다 보면 다 보상받게 되어 있다. 그러기에 손해가 두려워 정직하지 못한 방법으로 사업을 운영하는 것은 절대 해서는 안 된다.

3장 내가 먼저 도덕성과 실력을 갖춰야 한다

고객과의 시간약속을 잘 지켜야 한다

"시간은 금이다"라는 말이 있다. 설명이 필요 없을 정도로 시간의 중요성을 모르는 사람은 없다. 사업을 할 때에도 시간은 무척 중요하다. 특히 시간약속이라는 것은 시간의 낭비를 넘어서 서로의 신뢰에도 영향을 미친다.

미팅 시간을 예로 들어보자. 약속시간을 꼭 지켜야 하는데 간혹 오후 2시에 미팅인데 2시 10분 정도에 도착하는 경우가 있다. 심지어 30분 이상 늦는 경우도 있다. 늦게 도착한 이후 늦은 것에 대해 스스로 합리화한다.

"10분 정도면 양호하지. 차가 막혀 늦을 수도 있는 건데 거래처에서 이해해주겠지."

사실 약간 늦는다 해서 거래처에서 "시간 약속을 왜 정확하게 지키지 않느냐"라고 언급하며 뭐라 하는 경우는 없다. 흘러가는 말로 "좀 늦으셨네요"라고 말하는 정도가 전부다. 거래처 입장에서 시간약속에 대한 도덕적 훈계를 할 이유가 전혀 없기 때문이다.

그렇다 해서 그냥 끝인가? 그렇지 않다. 시간약속에 늦은 것을 보고 나에 대해 저 평가를 하게 된다. 물론 이후에 저 평가는 약속을 잘 지켜나감으로써 회복할 수 있다. 그렇지만 그 회복이라는 것은 1~2번에 극복되는 것이 결코 아니기 때문에 이런 업무 외적인 부분에서 저평가 받아고생할 필요가 전혀 없다.

너무 늦는 것처럼 너무 이른 것도 좋지 않다. 빨리 가면 갈수록 좋다 해서 1시간 일찍 도착해 업무 담당자에게 부담을 주어 업무를 방해할 필요는 없다.

10분 정도 일찍 도착하는 것이 바람직하다. 더 일찍 도착했다 하면 밖에서 기다리고 있다가 10분 전에 들어가는 것을 추천한다. 10분이란 시간은 업무 담당자에게 부담을 주지 않는 짧은 시간이면서도 미팅을 준비할 수 있는 넉넉한 시간이 되기 때문이다.

약속시간을 지키는 것은 약간의 노력만 하면 누구든지 쉽게 할 수 있는 사소한 일이다. 사실 약속시간 잘 지킨다 해서 계약이 성사되거나 불친절한 거래처가 급친절해지진 않는다. 어느 누가 약속시간 잘 지켰다고 갑자가 돌변하겠는가? 그러나 반대로 약속시간을 지키지 않으면 계약과 친절을 기대하기 어렵다.

부득이하게 시간약속을 지키지 못할 때도 있다. 늦지 않기 위해 일찍 서둘러 나왔는데 길이 막혀 약속시간에 도착할 수 없는 경우가 있다. 이때에는 담당자에게 전화를 해주는 것이 좋다. 나의 상황을 정확하게 설명해주고 이해를 구하는 것이다.

이때 주의해야 할 것은 늦는 것이 미안해 30분 정도 걸릴 것 같은데 20분 안에 도착할 수 있다고 말하는 것은 좋지 않다. 오히려 40분 정도 걸린다고 시간을 넉넉하게 잡아야 한다. 한번 약속을 어기는 걸로 족한 것이지, 20분에 도착한다 해놓고 30분에 도착하면 처음 약속과 두 번째 약속 2번이나 어기게 되는 것이다. 그러나 넉넉하게 40분에 도착한다 하고 30분에 도착하면 거래처입장에서는 "서둘러서 10분 더 일찍 왔네"라고 생각할 수 있기 때문에 미안하다 해서 시간을 촉박하게 말하는 것은 좋지 않다.

3장 내가 먼저 도덕성과 실력을 갖춰야 한다

미팅시간과 같이 사소한 약속도 있지만 제품납기일과 같이 중차대한 시간약속도 있다. 납품 일을 10일까지 맞춰주기로 했다면 10일까지 맞춰주는 것이 온당하다. 시간이 지체되는 경우 거래처에서는 금전적 시간적 손해를 보기 때문이다. 10일 납품일을 기준으로 홍보를 했다 하면 홍보비용의 손해를 보고 납품일을 기준으로 진행하려던 모든 사업 계획이 무산되므로 지금까지 투자와 노력이 물거품이 된다. 이러한 부정적인 면이 있기 때문에 납품 일은 무슨 일이 있어도 맞춰주어야 한다.

그러나 아무리 일정을 맞추려 해도 의도와는 다르게 못 맞춰주는 경우도 있다. 업무량을 잘못 파악하여 일정을 잘못 짜거나 작업자의 문제로 일정이 늦어지는 경우이다.
이때 대처하는 방법은 솔직하게 거래처에게 말해주는 것이 좋다.
전후 사정을 잘 설명해주고 "납품일을 맞추기가 어려울 것 같습니다. 00일까지는 무슨 일이 있어도 맞추겠습니다. 죄송합니다"라고 양해를 구해야 한다.
대부분 거래처에서는 양해를 구할 때 수용해주는 경우가 많다. 갑자가 하루 전날 전화해서 "내일이 납품일인데 납품이 어렵겠습니다. 죄송합니다"라고 촉박하게 말하면 절대 안 된다. 거래처에서 대비할 수 있는 시간을 고려해서 미리 양해를 구해야 한다. 그래야 거래처에서도 준비를 하고 대비해 피해를 최소한으로 줄일 수 있기 때문이다.

그러나 이 모든 일에 전제는 내가 최선을 다했을 때이다. 일정을 맞추기 위해 잠을 줄여가며 야근도 하고 최대한 고객의 손해를 최소화하기 위해 고민하고 대응해줬을 때이다. 내가 최선을 다하고 있다면 하늘만 아는 것이 아니다. 거래처도 안다. 그러기에 거래처에서는 늦어지더라도 손해를 감수하며 기다릴 수 있는 것이다.

작게는 미팅시간약속에서부터 크게는 납품일자 약속까지 거래처와의 시간약속은 중요하다. 시간을 잘 지킴으로 신뢰가 형성되고 그로 인해 거래처 확보가 되고 최종적으로 기업의 목표인 많은 이윤을 얻게 되는 것이다. 그러기에 거래처와의 어떠한 시간약속이건 성실하게 잘 지켜야만 한다.

04 **일관된 원칙을 가지고 견적을 내야 한다**

　사업초기에는 견적내기가 참 어렵다. 처음 프리랜서로 일을 할 때 자신의 실력과 능력을 믿고 뛰어들게 되는데 이때 가장 첫 번째 만나는 걸림돌이 견적내기이다.

회사에 속해있는 경우 견적 낼 경우는 거의 없다. 견적을 낸다 해도 부담이 없다. 내가 잘못 내더라도 견적비용과 상관없이 급여를 받아가기 때문에 큰 부담 없이 견적을 낼 수 있다.

그러나 사업을 할 때는 다르다. 견적을 잘못 내면 바로 사업손실로 직결되기 때문이다. 견적내기는 자주 해보던 업무도 아니면서 중요한 업무이기 때문에 사업초기에 가장 많이 스트레스 받고 가장 많이 어려워하는 업무이다.

이때 좀 수월하게 견적을 내기 위해서는 견적단가표를 만들어 활용하는 것이 좋다. 항목마다 단가를 정해 견적서를 작성하면 많은 도움이 되며 일관성 있는 견적을 낼 수도 있다.

　견적비용이 일관성 있게 작성되는 것은 매우 중요하다. 같은 작업인데 어떤 때는 기분이 나쁘다고 가격이 비싸고 어떤 때는 기분이 좋다고 가격이 싸면 안 된다. 언제나 일관성 있게 비용이 책정되어야 한다.

간혹 거래처 중에 진상들이 존재한다. 무조건 가격을 내고하거나 비용 이상의 작업을 요청하거나 작업자를 하대하거나 하는 등의 거래처가 존재한다.

이때 개인적인 감정이 휘둘려 견적을 비싸게 내는 경우가 있다. 그러나 이는 좋지 않다. 물론 내고할 것을 가만해서 10~20%정도 여유 있게 더 책정할 수도 있다.

그러나 2~3배 정도 지나치게 차이가 나서는 안 된다. 이는 상도에도 맞지 않으며 추후에 문제가 발생될 가능성이 높다. 널뛰기식 견적의 가장 나쁜 점은 거래를 정직하게 상대할 수 없다는 것이다. 감정적인 견적을 내다보면 동일업체 동일한 작업사항인데도 불구하고 금액이 차이가 날 수 있다. 물론 과거에 동일업체, 동일한 작업에 대한 견적서를 참고할 수 있다.

그러나 견적서를 작성할 때마다 기존 견적서를 전부 점검하고 작성한다는 것은 현실적으로 불가능하다. 그래서 동일작업인데도 불구하고 비용차이가 나는 견적서를 작성하게 되는데, 이때 나는 몰라도 거래처는 안다.

"예전에 작업한 작업과 동일한 작업인데 2배의 비용차이가 왜 나죠?"라고 묻는다면 "죄송합니다. 그때는 기분이 좋아 쌌고 오늘은 기분이 안 좋아 비싼 겁니다"라고 말할 수 있겠는가? "그때 작업하고 비슷해 보이지만 동일한 작업이 아니고 이번 작업이 더 어렵습니다" 이런 식의 거짓된 변명을 할 수밖에 없게 된다.

그나마 이걸로 마무리가 되면 좋겠지만 거래처가 되묻게 되면 거짓이 거짓을 낳게 되는 상황이 발생된다. 대화를 하다 보면 거래처에서도 거짓이라는 것을 자연스럽게 알게 되고, 그로 인해 우리에 대한 신뢰가 떨어지게 되는 것이다. 원칙을 가지고 견적을 내면 해결될 문제를 감정에 치우쳐 견적을 내서 양심도 팔고 신뢰도 잃고 이 얼마나 비생산적인 일인가.

견적서를 작성할 때에는 원칙을 가지고 일관성 있게 작성해야 한다. 일관성 있게 작성한 견적서는 떳떳하고 정직하게 거래처를 상대할 수 있게 만들어준다. 이처럼 정직하고 신뢰받는 사업을 위해서 일관된 견적서는 선택이 아닌 필수이다.

3장 내가 먼저 도덕성과 실력을 갖춰야 한다

긍정적 평가는 OK
부정적 평가는 NO

사업을 하다 보면 좋은 의도였는데 의도와 다르게 흘러가는 경우가 종종 있다. 내가 경험한 흑역사를 한번 말해보려 한다. 어떠한 일이든 처음 거래가 그러하듯 내가 하는 거래처가 좋은 거래처인지 바가지는 쓰지 않는지 의심하고 걱정하는 것이 일반적이다. 홈페이지 제작도 마찬가지인데 커뮤니티에 올라온 글들을 보면 제작업체에 데인 경우가 참 많다는 것을 알게 된다.

처음에는 다 해주겠다고 하다가 입금이 되면 언제 그랬냐는 듯이 돌변하는 경우, 작업하는 시늉만 하다가 비용 받고 잠수 타는 경우, 세월아 네월아 시간만 보내는 경우, 그 형태와 피해가 다양하다. 그러기에 업체를 잘 만나는 것은 아주 중요하다.

이런 생각 끝에 "내가 제작업체 선정하는데 도움을 주면 어떨까?"라고 생각했다. 그리하여 비교닷컴이라는 사이트를 기획하게 되었다. 홈페이지는 간단하다. 제작업체의 장점과 단점을 나열해주고 그 장단점을 기준으로 점수를 부여하는 것이다. 그러면 고객들은 내가 분석한 장단점과 점수를 기준으로 업체를 선정하여 견적을 문의하는 형식이었다.

이것을 기획할 당시 아주 좋은 의도로 기획을 했고, 의뢰자, 제작사 모두에게 좋은 시스템이라 생각했다. 의뢰자는 객관적인 입장에서 제작사를 선택할 수 있고 제작사 입장에서는 자신이 성실하게 운영했다면 선택 받을 수 있기 때문에 좋은 시스템이라 생각했던 것이다.

처음 사이트 운영전략은 블로그 포스팅을 통해 비교닷컴을 알리는 것이었다. 업체평가에 관한 포스팅은 내가 직접 했다. 꾸준하게 하루 3개씩 업체를 평가하고 블로그에 포스팅을 하기 시작했다. 꾸준히 하다 보니 자연스럽게 블로그 방문자 수가 늘어나게 되었다.

"이제 블로그 방문자를 비교닷컴 홈페이지로 유도해야겠다"라는 생각하는 시점에서 문제가 발생하게 되었다. 아침 출근을 준비하는데 8시 정도에 개인전화기로 전화가 걸려왔다. 홈페이지 제작의뢰를 하려고 한다는 것이었다. 그런데 좀 특이하다고 생각했다. 이른 시간인 것도 특이하고 개인전화로 전화한 것도 특이했다. 가장 특이하다고 생각한 것은 견적문의를 꼭 팩스로 보내겠다며 팩스번호를 알려달라고 하는 것이었다. 좀 독특하다는 생각은 했지만, 알려주지 않을 이유는 없어 팩스번호를 알려주고 출근을 했다.

오전에 간단하게 미팅을 마친 후 팩스를 확인했는데 내용증명을 팩스로 보낸 것이다. 실제 내용증명을 보내기 앞서 팩스로 먼저 보낸 것인데, 내용을 요약하자면 타 업체는 낮게 평가하고 자신이 운영하는 업체는 높게 평가해 부당한 이득을 취했다. 비교닷컴 홈페이지에 사과문을 게시하고 블로그를 차단하지 않으면 법적인 대응을 하겠다 라는 내용이었다. 비교닷컴이라는 사이트는 오픈하지도 않았는데 황당한 일이었다. 그러나 원만하게 해결하기 위해 팩스 발송한 업체와 통화를 하고 그쪽에서 요청하는 조치사항을 모두 들어주는 방향으로 일은 마무리했다.

이때 내가 한 가장 큰 실수는 타 업체에 대한 부정적인 평가를 아무 고민 없이 했다는 것이다. 인터넷 상에 글을 올릴 때 그 파급효과를 고려해 부정적인 평가를 해서는 안 된다. 부정적인 평가라는 것은 아무리 객관적인 평가라 할지라도 상대를 폄하하는 발언이기 때문이다. 부정적 평가는 폄하하는 발언이라는 등가로 인식했다면 부정적 평가를 포스팅하지 않았을 텐데 이에 대한 인지가 명확하지 않은 터라 이러한 실수를 했다.

긍정적 평가를 잘 받은 업체에서 "평가를 잘해주셔서 감사합니다"라고 감사표현을 하지 않지만, 부정적 평가를 받은 업체에서는 "왜 이런 근거 없는 평가를 했습니까? 법적으로 대응하겠습니다"라는 식의 문제를 제기한다. 더군다나 사업을 운영하는 입장에서 바라보면 부정평가는 매출로 바로 직결되기 때문에 아주 민감한 부분이다.

그러나 이러한 상황을 전혀 고려하지 못하고 단점을 포스팅 했으니 100번이고 내용증명을 받아도 할말이 없는 것이다.

장점이 있으면 장점을 말하고 단점이 있으면 그 단점을 말하지 않으면 되는 것이다. 장점은 전혀 없고 단점만 있는 업체라면 소개를 하지 않으면 되는 것이다. 괜히 단점까지 들먹이며 타 거래처의 영업을 방해해서는 절대 안 된다.

아무리 내 의도와 목적이 좋다 하여도 상대를 부정적 평가를 외부에 노출하는 것은 바람직하지 않으며, 그에 따른 책임을 져야 하는 것을 명심해야 한다. 과정과 의도가 아무리 정의롭다 하더라도 상대를 험담하거나 평가절하하는 것은 정당화될 수 없다.

끊임 없이 공부해서◆
실력을 갖춰야 한다

학교 다닐 때 지겹도록 공부했는데 또 공부해야 하는가? 배움이란 끝이 없다. 졸업과 동시에 끝나는 것이 아니라 죽을 때까지 해야 하는 것이다. 배움이라는 것은 기계를 조작하는 간단한 배움부터 복잡한 이론을 공부하는 것까지 다양하다. 내가 말하고자 하는 배움은 좀 복잡한 공부를 말한다.

지금까지 알고 있는 것으로 충분히 사업을 운영할 수 있다. 어제까지 잘 운영했는데 배우지 않았다고 오늘 운영하지 못하겠는가? 배우지 않았다고 오늘 운영하던 걸 내일 운영하지 못하겠는가? 현재 알고 있는 것으로 사업을 운영하는데 큰 지장은 없다.

그러나 배움이 없으면 딱 여기까지다. 더 이상 발전을 기대하기 어렵다. 당연하지 않겠는가 더 이상 배움에 투자를 하지 않는데 어떻게 더 나아질 수 있겠는가?

그런데 문제는 그걸로 끝나지 않는다. 고인 물은 썩듯이 배움이 멈추면 이후에는 사업에서도 퇴보가 일어난다. "같은 일을 반복해서 하는데 왜 퇴보가 일어나지" 할 수 있겠지만 경쟁업체에서는 발전하고 더 나아지기 때문에 상대적으로 내가 퇴보되는 것이다.

배움이라는 것은 인내심이 많이 요구된다. 아무리 배운다 해도 즉각적으로 효과가 나타나는 것이 아니고 가시적으로 자신의 배움의 정도를 측정할 수 없기 때문이다. 학교 다닐 때처럼 시험을 통해 점검할 수 있으면 좋겠지만 사업에서는 그렇지 않다.

그리고 배움이라는 것 자체가 조금 배웠다 하여 곧바로 효과가 나타나는 것이 아니다. 꾸준하게 시간과 노력을 투자할 때 결실을 맺을 수 있는 것이다. 그러기에 가시적인 결과가 없다 하더라도 끈기를 가지고 지속하는 것이 중요하다.

그렇다면 무엇을 어떤 방법으로 배워야 하는 것인가? 나는 전문분야의 책을 추천한다. 책을 읽고 공부해야 하는 것은 누구나가 잘 알고 있지만 대부분이 하지 않는 것이 독서다. 책이라는 것은 예나 지금이나 지식을 습득하기에 가장 좋은 도구이다.

정보를 얻기 위해서는 관련분야 잡지책을 추천하고 싶다. 잡지라는 것 자체가 정보를 제공해주기 위해 발행되는 것이기 때문에 정보를 얻기에 잡지만한 것이 없다. 내용에 비해 저렴한 구독료를 가지고 있고 다른 책과 다르게 안 읽어도 중간중간 필요한 부분만 봐도 부담 없기 때문에 강력 추천한다. 그러나 이는 관련분야 잡지가 있는 경우에 한해서다. 대부분의 업종은 관련분야의 잡지가 없는 경우가 많다.

차선책으로 관련분야의 책을 주기적으로 구매해 읽는 것을 추천한다. 책을 만들기 위해 저자는 많은 연구와 노력을 통해 집필하기 때문에 정보를 습득하는데 있어 전혀 부족하지 않다. 물론 1개월이 멀다 하고 급변하는 업종인 경우 책의 내용이 현실을 반영하지 못할 수도 있지만 적어도 가이드라인은 정해줄 수 있다. 가이드가 정해지면 해당 부분을 인터넷 검색을 통해 잘 선별해 배워나가면 된다.

인터넷은 실시간으로 많은 사람들의 정보와 지식을 나누는 장소이다. 그러기에 모든 정보가 다 있다고 보면 된다. 그런데 인터넷의 가장 큰 장점이자 단점은 너무 많은 정보라는 것이다. 너무 많은 정보가 넘쳐나기 때문에 선택하기가 어렵다. 물건을 살 때 2개중에 하나 선택해서 구매하는 것은 쉽다. 그러나 100개 중에 하나 선택하려 하면 이때부터는 어려워지기 시작한다.

이처럼 선택폭이 넓은 것이 좋은 것만은 아니다. 선택할 수 있는 안목은 관련분야의 책을 읽다 보면 자연스럽게 생기게 된다. 책을 통해 가이드를 잡고 디테일한 정보는 인터넷을 통해 수집하고 정보를 분별하는 것은 독서 때에 얻은 안목을 활용하면 된다. 이처럼 급변하는 분야인 경우 책과 인터넷을 병행해서 정보를 얻을 것을 추천한다.

　배움이라는 것은 배우려 하지 않을 때에는 배울 것이 없다가도 배우려고 시작하면 배울 것이 넘쳐나는 게 배움이다. 또한 배움이란 시간이 걸리는 작업이기에 여유를 가지고 차근차근 꾸준하게 해야 한다. 꾸준하게 배워나가다 보면 어느 순간 자신도 모르는 사이에 그 분야의 달인이 된 자신의 모습을 보게 될 것이다.

내가 할 수 없는 일은 인정하고
과감하게 아웃소싱하라

사람은 전지전능한 존재가 아니다. 유한하며 자신의 한계가 분명하게 존재하며 그 한계를 극복하려 할 때 개선될 뿐 원천적으로 한계가 사라지지 않는다. 그러기에 자신이 할 수 있는 일과 할 수 없는 일이 존재함을 인지해야 한다.

그런데 능력 밖의 일을 해야 되는 경우 어떻게 해야 하겠는가? 자신의 능력 밖의 일임을 인정하고 아웃소싱을 적극 활용하라고 추천하고 싶다.

간혹 자신의 자존심 때문에 한계를 인정하지 않으려 하는 경우가 있다. 내가 하지 못한다고 다른 사람들에게 알리고 싶지 않은 것이다. 그래서 자신이 할 수 없는 일인데도 불구하고 일을 맡아 처리하다 스트레스는 스트레스대로 받고, 시간은 시간대로 낭비하고, 일은 일대로 안 되는 경우가 있다. 이 얼마나 비효율적이며 회사입장에서 얼마나 큰 손실인가?

자존심 때문이 아닌 거절하지 못하는 성격 때문에 자신의 능력밖의 일을 맡는 경우도 있다. 예전에 팀장으로 있을 때 팀원 중 그런 사람이 한 명 있었다. 사람은 참 좋다. 성격도 좋고 자신이 희생하면서까지 다른 사람의 업무를 봐주는 사람, 항상 친절하며 직원들과의 회식에서 자신이 계산하는 것을 망설이지 않는 사람이다.

단점이 있다면 거절하지 못하는 것이 단점이다. 다른 관점으로 보면 거절하지 못하는 것이 큰 장점일 수 있지만 나는 분명 단점으로 보였다. 작업을 지시하면 무조건 해보겠다고 한다. 정말 좋은 자세이다. 거절하지 않고 적극적으로 일 처리하는 모습, 팀장으로서 듬직하고 고마운 팀원이었다.

그러나 이러한 고마움은 얼마 가지 못했다. 무조건적인 수용으로 인해 자신의 능력밖의 일(업무효율이 떨어지는 일까지 포함)까지 맡게 되었다. 처음에는 문제가 없었다. 원만하게 일을 처리한다 싶더니 시간이 지나자 업무효율이 떨어지는 일에 시간을 낭비해 정작 자신의 주 업무에 시간을 재대로 투자하지 못하게 되었다. 작업시간이 줄자 제품에 하자로 이어졌고 하자보수 시간까지 추가되어 주 업무 시간은 더 줄고 그로 인해 더 많은 하자가 발생하는 악순환이 이어졌다.

그때 다른 팀원을 동원해서 그 사태를 수습했던 기억이 나는데 그 팀원이 거절할 줄 알았다면 다른 팀원까지 투입하는 극단의 조치까진 필요하지 않았을 것이다. 한계를 극복하며 발전하려는 자세는 좋은 자세이다. 그렇지만 본 업무에 지장을 준다면 더 이상 좋은 자세라 할 수 없는 것이다.

아웃소싱을 꺼려할 필요는 전혀 없다. 아웃소싱은 돈을 쓰는 것이 아니라 돈을 버는 것이다. 이해를 돕기 위해 예를 들어보겠다. 주 업무를 임할 때 하루 30만원의 매출이 발생한다고 가정해보고 부 업무(업무 밖의 일)을 하는 경우 2일이 소요되고 30만원의 수입을 얻는다고 가정해보자.

내가 주 업무를 했을 때 2일 동안 60만원을 수입을 올릴 수 있지만 부 업무를 하는 경우 2일 동안 30만원의 수입을 올리기 때문에 30만원 손해를 보게 되는 것이다.

아웃소싱을 하는 경우 생각해보자. 아웃소싱업체 입장에서는 나의 부 업무가 주 업무이기 때문에 1일 30만원에 처리할 수 있다. 내가 주 업무로 2일간 60을 수입을 올리고 아웃소싱 지출비용 30은 주 업무에서 얻어들인 수입으로 충당하면 된다. 그럼 60(주 업무) + 30(부 업무) - 30(외주비용) + α(수수료) = 60만원 수입을 얻을 수 있는 것이다.

물론 부 업무를 맡는 경우 받은 수입을 그대로 아웃소싱업체에 100% 지급하진 않는다. 일정수수료를 제하고 아웃소싱하기 때문에 α(수수료수입)을 얻을 수 있다.

길게 나열해서 설명했지만 기회비용이라는 단어를 사용하면 간단하게 설명할 수 있는 내용이다. 기회비용을 잘 판단해서 자신에게 득이 되는 쪽을 선택하면 된다. 그러나 대부분의 경우 아웃소싱은 기회비용에 득이 되는 경우가 많다.

나는 밥을 잘하지만 국을 잘 못 끓이고 반면 친구는 국을 잘 끓이지만 밥을 잘 못 한다면 내가 잘하는 밥을 짓고 친구가 국을 끓여 맛있는 식사를 하면 된다. 반대로 내가 못하는 국을 끓이고 친구가 밥을 지어 맛없는 식사를 할 이유가 없다.

자신의 한계를 잘 파악하며 인정해서 내가 할 수 있는 일은 내가 하고 아웃소싱할 일은 아웃소싱해서 업무효율을 높이는 것이 돈을 버는 현명한 사업전략이다.

4장

좋은 업체와 그렇지 않은 업체를
잘 구별할 줄 알아야 한다

지원해줘야 할 자료나 정보는 잘 제공해주는가?

내가 경험한 거래처들의 문제점을 반면교사 삼기 위해 단점과 문제점들을 사례별로 하나씩 살펴보려 한다.

거래처 중에 업무지원을 적극적으로 하지 않는 경우가 있다. 우리 같은 홈페이지 제작업체는 자료를 받아야 작업을 진행할 수가 있다. 간단하게는 인사말부터 더 나아가 제품 사진 및 설명까지 다양한 자료를 제공받아야 한다. 미팅을 통해 기본적인 정보들은 구두로 전달받는다. 홈페이지의 원하는 색상, 레이아웃, 주소, 상호명 등 간단한 정보들은 제공을 받는다. 위와 같은 정보들은 거래처에서 별 노력하지 않고 미팅 중에 바로 제공해줄 수 있는 정보들이다.

그런데 자신들이 시간을 들여 제공해줘야 하는 자료는 꺼려하는 경우가 있다. 정보에 민감성 때문이 아닌 귀찮아서 안 주는 경우가 있다. 이런 업체의 특징은 돈을 지불하고 요청하면 제작업체에서 전부 알아서 제작해줄 것이라는 잘못된 생각을 가지고 있는 경우가 많다. 심지어 인사말을 대신 작성해달라는 업체도 종종 있다. 그러기에 인사말 샘플을 하나 만들어놓고 업체명만 바꿔가며 사용하기도 한다.

샘플로 만들어 활용하는 인사말이 잘 작성되었으면 얼마나 잘 작성되었겠는가? 사실 인사말은 200자 정도이면 충분하다. 넉넉잡아 30분이면 작성할 수 있는 분량이다. 그러나 이 시간을 투자하지 못하고 제작업체에 맡기는 것이다. 바빠서 그런 것이 아니다. 귀찮아서 작성하지 않는 것이다.

　심지어 자료요청에 짜증을 내는 거래처들도 있다. "홈페이지 제작을 위해 000자료를 제공해주셔야 합니다"라고 전화로 요청하면 "내가 바쁜데 그것까지 준비해줘야 합니까? 알아서 해야 되는 것 아닌가요?"라고 짜증 섞인 어투로 대답하는 경우도 있다.

이런 경우 "우리는 고객님이 주신 자료를 가지고 고객님이 원하시는 홈페이지를 만들어 드리는 제작업체입니다. 우리가 자료를 수집해서 우리가 사용하고 우리가 원하는 홈페이지를 만드는 것이 아닙니다. 그러기 때문에 기본적인 자료를 제공해주셔야 고객님이 원하시는 홈페이지를 만들 수 있습니다. 좀 바쁘시더라도 시간을 내서 자료제공 좀 부탁 드리겠습니다"라고 말하면 대부분은 수긍을 한다.

이와 같은 경우는 실제로 고객이 자료제공이 본인의 업무이며, 자신들이 자료를 제공해줄 때 원하는 홈페이지가 제작된다는 것을 모르다가 깨닫게 되는 경우다. 이처럼 고객이 자료제공을 해야만 원하는 결과물이 나올 수 있다는 사실을 모르는 경우 이를 알려줄 필요성이 있다.

　모든 일이 그러하듯 좋은 결과를 얻기 위해서는 많은 노력이 필요한 법이다. 많은 노력이 항상 좋은 결과를 보장하는 것은 아니지만 많은 노력을 할 때에 좋은 결과를 기대할 수 있는 것이 사실이다. 적은 노력으로 좋은 결과를 기대하는 것은 현실을 무시한 너무 낙관적 기대이다. 그러기에 좋은 결과를 위해서는 시간과 노력을 아끼지 말고 제공할 것은 제공하고 지원할 것은 지원해야 하는 것이다.

02

ﾠ입금 약속은 잘 지키는가?

학교 다닐 때 생각해보면 매번 지각하는 친구들이 있었다. 비가 오면 비 오는 대로 날씨가 좋으면 좋은 대로 매번 지각을 한다. 지각하지 않는 친구들은 부득이한 경우를 빼고 지각은 거의 하지 않는다.

입금약속도 위와 비슷하다. 지급일을 넘기는 업체는 항상 그 기간을 넘긴다. 계약서 작성 이후 착수금을 늦게 입금해주는 업체는 중도금도 늦게 입금해주고 잔금도 늦게 입금해준다. 어떤 경우는 잔금을 처리 안 하는 경우도 있다. 운영하는 입장에서 볼 때 비용처리 부분은 민감한 부분이어서 예민할 수밖에 없다.

사업을 하다 보면 자금이 쪼들리게 될 때가 있다. 누가 그런 상황을 원하겠느냐 만은 이런 상황이 없을 수는 없다. 나 역시 경험이 있기에 위와 같은 상황의 심정을 누구보다 잘 안다. 그러기에 지급일이 조금 늦을 수도 있고 얼마든지 기다려 줄 수 있다.

그런데 상습적으로 지급일이 지체되는 업체들은 자금이 없어 지급일을 지체하는 것이 아닌 마인드 자체가 문제인 경우가 많다. 받을 돈에 대해서는 악착같이 받아내면서 자신이 지급해야 하는 돈은 천하태평 하게 지급일을 미룬다. 늦게 입금해준다 하여 은행으로부터 금리를 더 받거나 여타 다른 소득이 있는 것도 아니다.

있다 하여도 단기간에 올릴 수 있는 소득이 얼마나 되며 그걸 보고 지급일을 지체할 이유가 무엇이 있겠는가? 지급일을 상습적으로 늦추는 업체는 무언가 특별한 소득이 있기 때문에 늦추는 것이 아니다. 그들의 사업을 하면서 얻은 잘못된 습관이다.

　이런 나쁜 습관은 고치는 것이 좋다. 내가 받아야 하는 돈은 좀 늦게 받더라도 지불해야 하는 돈은 빚을 내서라도 지불해야 한다는 마인드를 가져야 한다. 어차피 지불해야 되는 돈인데 늦게 지급해줌으로 인해 신뢰를 잃을 이유가 무엇이 있겠는가?

그런데 아이러니하게도 이러한 업체들은 끝까지 고쳐지지 않는다. 지각하는 친구들은 선생님에게 지적당하고 혼이 나도 다음에 또 지각하는 것처럼 지급이 늦는 업체 역시 개선되질 않는다.

나 같은 경우 이런 일로 스트레스를 받다 보니 나름 개선할 방법을 찾게 되었다. 100% 해결하는 방법은 아니다. 그러나 어느 정도 효과가 있어 언급해보려 한다.

　업체의 나쁜 습관을 변화시키려 할 필요는 없다. 어차피 내가 도덕적으로 훈계할 수 있는 입장도 아니며 훈계할 필요도 없다.
상황을 변화시키면 된다. 작업을 해주고 지급일이 늦어지는 상황이 반복된다면 돈을 먼저 받고 나중에 작업을 하는 방법으로 접근하면 된다.

나 같은 경우 계약금이 입금되지 않으면 절대 작업착수를 하지 않는다. 간혹 "입금해드릴 테니 작업 먼저 해주세요"라고 하는 업체가 있다. 그럼 "작업은 입금 후에 진행됩니다"라고 말해준다. 물론 기존 거래처 중 입금약속을 잘 지켰던 업체는 입금에 상관없이 바로 작업에 착수한다. 그렇지만 처음 거래하는 업체이거나 지속적으로 지급일에 대한 문제가 있었던 업체는 "입금 후 작업"을 원칙으로 한다.

중도금이 늦어지는 경우에는 "중도금이 입금되지 않으면 작업이 중단됩니다. 그로 인해 납기일이 늦어질 수 있으니 꼭 입금해주시기 바랍니다"라고 정중하게 말해준다. 그렇다 하여 말대로 작업을 중단해서는 안 된다 언급하는 정도로만 하는 것이 좋다. 중도금이 입금되지 않았다 해서 작업을 중단해 납기일을 넘겨서는 안 된다. 고객은 자신들이 중도금 지급이 늦어져서 납기일이 늦어졌다고 생각하지 않고 우리 쪽의 문제로 계약서에 명시된 납품 일을 맞추지 못했다고 생각하기 때문이다.

물론 거래처에서 먼저 계약서를 어긴 것은 사실이지만 "상대가 먼저 잘못했으니 내가 하는 잘못은 정당화된다"라고 말할 수는 없다. 얼마든지 잔금처리 할 때에 충분히 제지할 수 있기 때문에 납기일을 늦춰가면서까지 무리수를 둘 필요는 없다. 내가 할 수 있는 부분은 다 처리해놓고 우리 쪽의 문제를 안 만든 상황에서 거래처에게 요구하는 것이 현명한 방법이다.

중도금이나 잔금이 입금되지 않은 상태라면 절대 제품을 넘겨줘서는 안 된다. 우리 같은 경우 잔금 확인 후 도메인을 연결하여 사이트를 오픈(납품)해준다. 간혹 거래처에서 잔금을 입금하지 않고 "오늘 중으로 입금해 드릴께요. 먼저 사이트 연결 부탁 드립니다"라고 말하는 경우가 있다.

그러나 착수금, 중도금에서 문제가 되었던 업체라면 입금 후 오픈이라는 원칙을 단호하게 말해주는 것이 좋다. 문제가 되었던 업체는 꼭 문제가 된다는 것을 명심해야 한다. "사이트 오픈 후에 입금되지 않으면 다시 차단하지"라는 생각을 할 수 있지만 이는 좋은 생각은 아니다. 사이트 오픈한 이후 임의대로 차단할 경우 추가적인 문제가 발생될 수 있기 때문이다. 예를 들어 사이트 오픈을 하게 되면 서비스가 이루어지고 서비스를 받는 회원들이 발생하게 되는데 사이트가 차단되면 정상 서비스를 받고 있던 회원이 서비스를 못 받게 된다. 이로 인해 2차 피해자가 발생하기 때문에 사이트 차단은 좀 더 신중할 필요성이 있다. 그러기에 사이트 오픈 전에 비용처리 부분은 매듭지어야 한다.

이 과정에서 거래처에게 기분 상하는 말을 들을 수도 있다. 그러나 일희일비할 필요 없다. 원래 사람은 자신의 잘못한 것은 생각 못하고 타인이 자신에게 섭섭하게 했던 것만 생각하는 경우가 많기 때문에 당연한 일이다. 그러려니 하고 고객의 반응에 너무 민감해할 필요가 없다.

거래처에서 지급일이 상습적으로 지체되는 경우 "입금 후 작업"을 원칙을 고수해야 하며 편의를 봐달라고 요구할 때 단호하게 거절해야 한다. 문제를 일으킨 업체가 계속해서 문제를 일으킨다는 사실을 잊지 말고 명심해야 한다.

03

비용을 너무 깎는가?
(트집을 잡아, 타 업체와 비교,
일의 양이나 가치를 축소)

업체 중에 견적서를 내주면 작업내용은 보지 않고 오로지 견적금액만 확인하고 무조건 적으로 금액을 깎고 보는 업체가 있다. 단돈 천원이라도 깎으면 기분이 좋아 그럴 수도 있다. 윗선에 보고할 때에 자신이 비용을 깎아 자신의 능력을 드러내기 위해 무조건 깎는 경우도 있다. 세상에 에누리 없는 장사가 어디 있겠는가? 그 에누리를 자신의 능력으로 깎는 것이 뭐가 나쁘겠는가?

그러나 주의해야 할 부분이 있는데 너무 깎다 보면 제품의 품질에 문제가 생길 수 있다는 것이다. 그러기에 납품업체에 부담이 가지 않는 선까지 내고를 하는 것이 좋다. 납품업체에 부담이 갈 정도로 비용을 깎는 경우 100% 제품에 영향을 미칠 수밖에 없기 때문에 적당한 선이 중요하다.

처음 견적을 내줄 때 추가 견적을 내줄 때 상황 별로 깎는 방법도 다양하다. 자신의 원하는 제품의 불필요한 기능을 빼면서 비용을 낮추는 경우도 있고 제작업체와 업무협의를 통해, 이후 발생되는 수입금을 분배하는 식으로 최초 제작비를 낮추는 경우도 있다.

이는 얼마든지 의뢰업체와 제작업체간의 협의를 통해 충분히 타협할 수 있다. 얼마든지 가능한 협상이며 제안 방법들이다.

그런데 주의해야 할 업체들이 있다. 한번 거래를 한 이후 추가견적을 발행할 때 견적비용을 깎기 위해 기존 작업에 트집을 잡는 경우이다.

"기존에 납품한 제품에 하자가 너무 많습니다.", "사용할 수 없을 정도로 만들어놓고 어떻게 사용하라는 겁니까?"라는 식의 말을 가장 먼저 하고 추가적인 협상에 들어가려 하는 경우가 있다. 만약 위에서 언급한 말이 100% 사실이라면 사용자체를 할 수 없기 때문에 문제가 심각한 것이다. 그러나 대부분은 작은 하자 하나를 가지고 전체가 문제가 있다고 말하는 경우가 많다. 이러한 억지스러운 주장을 하는 이유는 비용을 조금이라도 깎기 위한 포석을 까는 것이다. 어떤 경우는 1+1전략을 쓰기도 한다.

"저번에 작업 중에 요청한 작업이 있는데 작업이 되지 않았네요. 처리해주세요. 하는 김에 이 작업(추가작업)도 같이 처리해주세요."

1+1전략이다. 과거 미비된 작업을 들먹이며 신규작업을 같이 해달라는 것이다. 미비된 작업과 추가작업을 정확하게 구분해서 따로따로 처리하는 것이 옳다. 미비된 작업은 의뢰자 쪽에서 당연히 받아야 되는 서비스이고 추가작업은 작업자가 의뢰자에게 당연히 받아야 되는 비용이다. 이것을 하나로 묶어 같이 처리할 수 있는 것이 아니다.

의뢰자도 잘 알고 있다. 그러나 자신의 비용을 아끼기 위해 이러한 무리수를 두는 경우가 종종 있다. 나 같은 경우 이런 경우가 있을 때에는 "하자보수를 먼저 처리해드리고 추가적인 작업은 나중에 처리하도록 하겠습니다"라고 말한 이후에 하자보수를 우선적으로 처리한 이후 추가적인 작업은 별도로 비용을 청구하고 작업에 착수한다. 하자보수단계에서부터 추가적인 작업에 대한 비용을 미리 말할 필요는 없다. 의뢰자 입장에서는 하자가 있는데 비용을 요구하는 것같이 느껴질 수 있기 때문이다. 그래서 나 같은 경우 하자보수와 추가 작업을 구분하여서 처리해준다.

비용을 깎는 것은 좋다. 적정선에서 서로에게 부담이 안가는 정도의 비용 내고는 좋다. 서로 협의를 통해 입장을 배려하고 존중하면서 가격 협의를 하는 것은 아주 바람직하다.

그러나 상대의 수고를 깎아 내리며 상대의 수고를 헐값에 사려하는 행위는 지양해야 하는 것이다. 이러한 비양심적인 업체는 반드시 있다. 그러기에 잘 분별해야 한다.

제품에 하자가 있어서 지적하는 것인지? 트집을 잡아 내고를 원하는 것인지를 분별할 줄 알아야 한다. 자신의 시간과 돈이 중요하다면 다른 사람의 시간과 돈도 중요하다는 것을 알아야 하는 것이다. 자신의 이득을 위해 타인의 가치와 노력을 깎아 내리는 사람들과의 거래는 지양하는 것이 좋다.

타 업체의 기회비용을 ♦
배려하는가?

기회비용이란 쉽게 풀어서 설명하자면 1시간 동안 휴식을 취하면서 돈도 쓰지 않았다면 지출이 없기 때문에 본전이라 생각한다.

그러나 1시간 동안 노동을 해서 1만원을 벌 수 있는 능력이 있다고 가정한다면 내가 1시간 동안 1만원을 벌 수 있었는데 벌지 않았기 때문에 1만원의 손해를 보는 것이다. 내가 사용한 돈이 0원이라 해도 노동이 아닌 휴식을 취했기 때문의 휴식의 비용은 1만원이 되는 것이다. 이를 기회비용이라고 한다.

사업에 있어서 시간은 절대적으로 중요한 것이다. 시간이 돈이라는 말이 있는데 기회비용 입장에서 본다면 100% 맞는 말이다. 더 나아가 시간이 돈이라 하는데 이 시간은 개인마다 각각 다른 값어치를 한다. 각각의 가치가 다르다는 것이다.

예전 한 업체에서 견적문의가 들어온 적이 있다. 자신들의 제품이 잘 홍보가 되지 않아 이런 저런 고민 끝에 홈페이지를 하나 만들어서 홍보하면 어떨까 해서 제작을 해보려 한다고 견적전화가 온 것이다. 나는 견적전화를 받고 자세하게 설명을 해주었다.

그러자 맘에 들었던지 한번 방문해주실 수 있냐고 물어보는 것이다. 사실 간단한 홈페이지제작이어서 전화상으로도 충분했지만 새로운 거래처였기 때문에 주소를 묻고 회사에 방문하게 되었다.

미팅을 시작하는데 몇 분 지나지 않아 방문요청 목적이 업무와는 전혀 상관없다는 것을 알게 되었다. 미팅내용은 홈페이지 제작 관련된 내용이 아닌 자신이 평소에 궁금했던 프로그램 관련된 것을 물어보는 것이다. 포토샵 정품은 어디서 구매하는지, 포토샵은 얼마나 공부해야 실무에서 사용할 수 있는지, 이미지는 어떻게 올리는지 등 자신이 평소 궁금했던 것들을 물어보는 것이다. 미팅 중 계속 들었던 생각은 "이분이 회사 업무가 무료해 말동무를 찾기 위해 나를 불렀구나"라는 생각이다.

나는 미팅하기 전에 꼭 물어본다. "홈페이지 제작 목적이 분명하신지요. 단순히 알아보는 거라면 전화상으로 충분히 설명을 드리겠습니다. 설명이 부족하거나 직접 만나 미팅을 해야 하는 경우가 있다면 그때 방문하도록 하겠습니다"라고 말을 한다. 이 말은 서로 시간을 아끼자는 의미이다. 단순하게 알아보는 거라면 10~20분 정도의 전화통화로 충분하게 알아볼 수가 있다. 그런데 미팅을 하기 위해서는 아무리 거리가 가깝다 하더라도 1시간 이상은 소요된다. 거리가 먼 경우 2~3시간을 기본적으로 소요되는데 하루 일과를 생각해봤을 때 미팅이 한 번 있으면 업무의 절반이 낭비된다.

물론 업체선정이 확정되었고 계약진행인 경우에는 시간을 내서라도 방문하는 것이 옳다. 그러나 전화상으로 충분히 가능한 업무라면 굳이 방문할 필요가 없다. 물론 내근업무가 대부분인 우리 업종만의 특성일 수도 있다. 그러나 정도에 차이가 있을 뿐이지 업체마다 업무시간이 소중한 것은 다 마찬가지이다.

자신의 기회비용이 적다 해서 모든 사람들의 기회비용이 자신과 같은 비용이라고 생각해서는 절대 안 된다. 자신이 인건비가 적은 경우 위와 같은 오류를 많이 발생시킨다. 자신이 고가의 연봉을 받는 사람이라면 자신의 시간을 허투루 낭비하지도 않고 타인의 시간을 허투루 낭비하려 하지도 않는다. 모든 사람들이 그렇다 할 수 없을지라도 대부분의 경우가 그러하다. 그러기에 타인의 시간이 소중한지 모르는 업체인 경우에 거래를 지양하는 것이 좋다. 설사 거래가 정상적으로 이루어졌다

하더라도 비용이나 시간 같은 부분에서 추가적인 문제가 계속 발생된다.

사실 대부분의 업체들이 자신의 시간이 중요한 줄 알기 때문에 타인의 시간도 중요하게 생각하는 경우가 대부분이다. 경험상 위와 같은 업체는 나의 거래처 중 2~3% 정도 밖에 되지 않으며 계속 거래가 유지되지도 않는다. 당연한 얘기지만 자신의 시간이 남아돈다는 것은 회사 자체에 할 일이 없다는 것이고, 할 일이 없으면 매출은 오르지 않고 매출이 오르지 않으면 적자가 발생되고 자연스럽게 폐업으로 이어지기 때문에 거래를 유지할 수 없게 되는 것이다.

위와 같은 업체를 만나게 되면 거래를 성사해야겠다는 욕심을 앞세우기보다는 잘 분별해서 자신의 기회비용을 너무 탕진하지 않도록 주의하는 것이 현명하다.

업무시간을 잘 준수하는가?

업무시간은 업무를 하는 시간이다. 일반적으로 출근 9시에 퇴근 6시이다. 물론 약간 차이가 있을 수 있으나 기본적으로 위의 시간이 업무시간인 경우가 많다.

그런데 이런 업무시간을 무시하는 거래처들이 있다. 퇴근시간이 한참 지났는데도 불구하고 전화를 해서 업무에 대해 물어보는 경우이다. 물론 긴급상황이 발생했을 때는 새벽이라도 연락을 할 수도 있다. 우리 같은 경우 긴급상황이라면 서버가 공격을 받아 서버가 다운되거나 하는 경우인데 공격을 받는 것이 업무시간에만 받는 것이 아니기 때문에 24시간 대기를 하는 인원이 있다. 그러기에 언제든 긴급상황일 때는 전화하고 바로 처리하는 식이어야 한다.

그러나 일반적인 상황에서는 업무시간을 지켜주는 것이 좋다. 쉬고 있는데 업무관련 전화가 걸려오면 안 받고 싶은 때가 많은 것이 사실이다. 그러나 현실은 그렇지 않고 받아야만 한다. 특히 견적문의 또는 계약에 관련된 담당자의 전화인 경우 더욱 더 그렇다. 그래서 전화하는 쪽에서 먼저 안 하는 것이 우선이다.

물론 받는 입장에서도 "죄송합니다. 개인적인 급한 일 때문에 통화를 할 수가 없네요. 내일아침에 출근하자마자 전화 드리겠습니다"라고 응대할 수도 있다. 그러나 막상 받는 사람 입장에서는 여러 가지 상황들로 인해 거절하기가 쉽지 않은 것이 사실이다.

거래처 중에 위와 같은 업체가 하나 있었다. 업무시간에 미팅을 하고 나서 견적서를 작성해 보내주었는데 퇴근 때까지 별도의 연락이 없었다. 그래서 내일 연락하기로 마음을 먹고 퇴근을 했다. 집에 도착해서 쉬고 있는데 저녁 9시가 넘은 시간인데 전화가 걸려왔다. 모르는 전화번호여서 혹시 내가 주차를 잘못해서 차를 빼달라는 전화인가 하고 전화를 받았는데 낮에 미팅을 했었던 사장님이었다.

견적서는 잘 받았다며 견적에 대해 궁금한 것이 있어 전화를 했다는 것이다. 이 늦은 시간 남들 다 쉬고 있는 시간에 말이다. 우선 걸려온 전화이기에 통화를 했다. 통화내용은 업무시간에 통상적으로 하는 견적관련 상담내용이 전부였다. 급한 것은 전혀 없었다. 그 저녁에 상담을 끝내고 바로 계약할 것도 아니고 아무리 빨리 계약을 한다 해도 내일 아침에 만나서 계약할 것인데 굳이 이 늦은 시간에 타인의 시간을 빼앗아가며 전화할 이유가 무엇인가?

결과적으로 위의 업체와는 계약이 불발되었다(물론 우리 쪽 문제일 수도 있다). 모든 업체가 그런 것은 아니지만 대부분 위와 같은 업체들은 계약이 성사되기 어렵다. 제작에 대한 의지도 없이 그냥 단순히 궁금해서 미팅을 하고 견적을 받는 경우가 대부분이다.

"늦은 시간 전화를 하는 업체는 계약이 성사되기 어렵다"라고 말하는 것은 성급한 일반화의 오류일수도 있다. 그러나 "될성부른 나무는 떡잎부터 알아본다"는 말이 있듯이 이런 기본적인 것을 지키지 않는 업체들은 다른 부분에서도 문제를 발생시킨다.

계약은 잘 되었다 해도 비용처리가 늦어지는 경우도 있고 그게 아니면 견적에 비해 무리한 작업을 요청하는 경우도 있고 작업간에 크고 작은 일들이 무수히 발생된다. 물론 나의 지론이어서 일반화시킬 수는 없지만 그래도 대부분 적중하는 것 역시 사실이다.

개인의 휴식시간은 업무시간보다 더 중요하다. 왜 야근이나 특근은 기본 보수보다 더 많은 비용을 지불하겠는가? 휴식이란 것은 절대적으로 중요하고 가치가 있는 것이다. 이러한 개인 휴식시간은 누구도 침해받고 싶어하지 않는다. 나의 휴식시간이 중요하고 소중한 것을 안다면 타인의 휴식 또한 소중하다는 것을 알고 지켜줘야 하는 것이다. 자신의 위치가 "갑"에 위치에 있다 해서 그 위치를 이용해 타인의 소중한 시간을 빼앗는 행위는 도덕적으로 옳지 않다.

그렇다 해서 긴급상황까지 연락을 해서는 안 된다는 것은 아니다. 타인의 시간의 소중함을 안다면 긴급상황이어도 2번 연락할 것 1번 연락하는 식으로 최소화해야 한다는 것이다.

이처럼 업무 외 시간에 아무렇지도 않게 연락하는 업체들은 잘 분별해 지양할 필요가 있다. 혹시나 내가 이러한 업체는 아닌지 역지사지의 마음으로 되돌아볼 필요도 있다.

이익을 위해 ◆
모른 척하는 업체도 있다

　세상에는 다양한 사람들이 존재한다. 설명을 해도 잘 모르는 사람. 설명을 하면 잘 알아 듣는 사람. 설명하지 않아도 알고 있는 사람. 설명을 하면 잘 알아듣고도 모르는 척하는 사람이다. 일반적인 상황이 아닌 예외적인 4번째 사람에 대해 말해보려 한다.

　우리 업체는 1년에 한번씩 고객에게 호스팅(서버임대)비용을 청구한다. 비용은 타 업체와 비교했을 때 싸지도 비싸지도 않은 통상적인 비용을 청구한다. 비용은 임대하는 용량에 따라 비례하는데 업체 중 하나가 자신들이 사용하는 용량은 생각하지 않고 비용이 너무 비싸다고 불평하며 다른 호스팅업체로 이전하겠다고 한 적이 있다. 우리 쪽에서는 좀 아쉽긴 하지만 고객이 내린 결정이기 때문에 어쩔 수 없었다.
그런데 호스팅은 선택할 때는 비용만 보고 결정해선 안 된다. 호스팅은 서버(컴퓨터) 공간을 임대 받는 것인데 서버는 사양에 따라 고가형 저가형 서버가 존재한다. 그렇기 때문에 싼 비용만 보고 결정하면 낮은 서버사양으로 인해 속도가 느려 고생하게 된다.
그러나 S사에서는 우선 비용이 싸기 때문에 결정을 하게 된 것이다. 여기까지는 전혀 문제가 없다. S사 쪽에서는 양질의 서비스와 저렴한 비용 중에 저렴한 비용을 선택한 것뿐이다.

　그러나 문제는 이후에 있다. 홈페이지 이전 과정 중에 문제가 발생되어 서버이전 작업이 마무리가 안 되는 상황이었다 우리 업체의 호스팅 기간은 7일이 지난 상황이었지만 서비스 차원에서 이전이 완료되기 전까지 호스팅을 무료로 연장해준 상태였다.

서버 이전은 여러 가지 기술적인 고려사항들이 많다. 그러기에 이전 과정에 고객에게 충분하게 설명하는 것은 필수적이다. "이 상태로 이전하면 사이트가 1일 정도 죽을 수가 있습니다. 그러기에 이 방법으로 하면 안 됩니다"라고 설명을 했다. 업체에서는 "괜찮습니다. 1일 정도 죽는 것은 상관없습니다" 라며 이전을 강행했다.

우리 업체에서는 모든 자료와 데이터를 해당 호스팅업체에 전부 넘겨주고 해당 호스팅을 내렸다. 호스팅 기간도 7일 연장해준 상태였고 우리 쪽에서 지원할 수 있는 것은 모두 지원을 한 상태였기 때문에 더 이상 호스팅을 열어놓을 필요도 더 이상 지원해줄 사항도 없었다. 그런데 문제는 타 호스팅업체에서 문제가 발생되었다.

홈페이지를 복구를 못하는 것이었다. 일반적으로 2~3시간 작업시간이면 홈페이지 이전은 무리 없이 마무리 할 수 있다. 그런데 이 업체에서는 2일이 지나도 이전을 하지 못하는 것이다. S사에서는 우리 쪽에 전화를 했다. 왜 서비스가 안되냐고 나에게 따져 묻기 시작했다.

객관적으로 보면 우리 업체에겐 더 이상의 책임이 없었다. 넘겨줘야하는 모든 자료와 데이터는 넘겨줬고 타 호스팅업체에서 요청하는 모든 업무적 지원은 다 해줬기 때문에 우리에겐 더 이상의 책임이 없고, 설사 해주고 싶다 해도 해줄 방법도 없었다. 이 모든 상황들을 S사에게 알아들을 수 있도록 설명을 해주었다. 해당 S사 사장은 나의 말을 쭉 듣고 이해하나 싶더니 하는 말이 우리 쪽에서 책임지고 처리해라 였다. 우리 손에서 떠난 작업이어서 하고 싶어도 할 수 없다고 설명을 해주었다. 그래도 돌아오는 대답은 우리 쪽에서 처리해라 였다. 왜 잘되던 것이 안되는 것이냐며 도리어 나에게 화를 내는 것이었다.

이 부분 역시 설명을 해줬다. 잘되던 것 정상적으로 넘겼는데 그쪽에서 정상적으로 처리하지 못해 복구가 안 되는 것이라고 다시 설명해주었다. 또 돌아오는 말은 너희와 해당 호스팅 업체가 알아서 복구해놓아라였다. 심지어 타 호스팅업체에서 정상서비스가 이루어지기 전까지 우리쪽 호스팅에 다시 복구해놓으라는 것이다. 비용 역시 무료로 하라는 것이었다. 복구비용 호스팅 비용 모두 무료로 하라는 것이다. 서비스가 안 되는 것은 우리 쪽에 문제가 있기 때문에 너희들이 책임져야 한다는 것이다. 살다살다 이런 억지는 처음이었다. 그래서 나는 내가 설명이 부족해서 S사가 이해를 못해 말도 안 되는 요구를 한다고 생각했었다.

그래서 알기 쉽게 예를 들어가며 "이사하는데 사용하던 장롱이 있어 장롱을 옮기는데 이사하는 집이 작아 안 들어가면 더 큰 집으로 이사를 하던지 아니면 공사를 해서 장롱이 들어갈 수 있게 하면 되는데, 왜 전에 살던 집주인한테 전화해서 장롱이 안 들어간다고 들어갈 수 있게 공사를 해달라고 하는 것이 말이 됩니까? 전 집주인이 왜 이사하는 집까지 책임을 져야 합니까?"라고 예를 들어가며 설명을 해줬는데도 돌아오는 대답은 똑같았다.

지금은 이렇게 필터 해서 글을 적지만 그때 당시 나에게 욕설과 하대를 하면 말을 함부로 했던 것을 생각하면 정말 끔찍하다. 그때 당시 스트레스를 너무 받아 뭘 먹지도 않았는데 속이 쓰려 고생했었다. 5일이 지난 후 타 호스팅업체에서 정상적으로 복구해 일은 일단락되었다.

사례를 길게 나열하긴 했지만 말하고자 하는 것은 알고도 모르는 척하는 것이다. 그때 당시에는 S사가 모르는 척한다는 사실을 전혀 몰랐다. 내가 하는 말을 이해하지 못한다고만 생각했다. 그러기에 S사가 이해만 하면 문제가 해결될 것이라 생각을 했다.

그런데 시간이 좀 더 지나 되돌아보니 S사는 이해하지 못한 게 아니었다. 이해하지 못한 것처럼 행동한 것이었다. 이해했다고 하면 터무니없는 주장과 요구를 할 수 없는데 이해하지 못한 척하면 터무니없는 요구를 할 수 있기 때문에 이를 이용한 것이다. 이런 터무니없는 주장과 요구가 있을 때 스트레스 받기 싫어 그냥 처리해주는 경우가 있는데 S사에서는 이 점을 이용한 것으로 생각한다. S사는 지금까지 사업을 하면서 이런 식으로 요구하고 관철되는 과정이 있었던 듯 하다. 돌아보면 S사와의 작업과정에서 정도가 심하진 않았지만 비슷한 일이 몇 번 있었던 것이 사실이다. 어떻게 보면 거래처를 잘못 파악한 내 잘못이 크다.

"정말 모르는 것인가 알고도 모르는 척하는 것인가"는 잘 분별해야 한다. 만약 그때 당시 내가 잘 분별했다면 S사에 대한 대처가 좀 더 좋았을 것이다. 그로 인해 스트레스도 덜 받게 되었을 것이다.

알면서도 모르는 척하는 거래처에게는 단호하게 대처할 필요가 있다. 거래처에 충분한 도리를 다했는데도 불구하고 무리한 요구를 계속할 경우에는 배수진을 치고 "더 이상 요구는 들어드릴 수 없습니다. 계약서(법)대로 하시기 바랍니다"라고 말을 하면 거래처에서 판단하기에 "이 업체는 막무가내로 요구한다고 들어주지 않는구나"라고 생각하고 요구를 그만할 가능성이 높다. 자꾸 우유부단하게 대처하면 계속해서 요구하기 때문에 어느 정도 선에서 단호하게 대할 필요가 있다.

사실 이런 거래처는 사업에 도움보다는 방해가 되는 경우가 많기 때문에 위와 같은 거래처는 잘 분별해서 지양할 필요가 있다. 혹시 내가 이러한 업체는 아닌지 되돌아볼 필요도 있다.

결정권이＊
너무 윗선에 있는가?

07

회사 내에 많은 부서들이 존재한다. 채용을 담당하는 인사부서 홍보를 담당자는 마케팅 부서 비용처리를 담당하는 회계부서 등등 많은 부서가 존재한다. 각 부서가 존재하는 이유는 효과적이며 전문적인 업무 처리를 위해 존재한다. 그러다 보니 각 부서별로 자신들의 업무와 업무에 따른 책임을 져야 하는 것이 자연스러운 일이다.

그런데 간혹 책임을 지기 두려워하는 담당자를 만나는 경우가 있다. 정확하게 말하자면 자신의 업무임에도 수동적인 자세로 업무에 임하는 경우다. 같이 일을 하다 보면 얼마 가지 않아 왜 그런 태도를 취하는지 자연스럽게 알게 된다. 대부분이 윗선에서 작은 실수하나 용납하지 못하며 실수에 대한 책임을 과도하게 묻는 경우이다.

자신의 부하직원이 자신의 업무를 맡아 처리하는 경우 자신의 마음에 들지 않을 수밖에 없다. 사람이다 보니 실수를 할 수밖에 없고, 특히 부하직원이면 자신보다 일에 대한 숙련도가 떨어지기 때문에 자신의 맘에 들지 않는 것이다. 실수할 때마다 일을 가르친다는 맘으로 과도하게 책임을 묻는다면 그나마 적극적이었던 업무 자세마저 수동적으로 변할 수밖에 없다. 그러다 보면 위에서 결정한 일을 단순히 수행하는 정도의 단순노동직으로 전락할 수밖에 없다.

위와 같은 담당자와 업무를 하다 보면 일이 원활하게 진행이 되지 않는다. 내가 보기에는 담당자 선에서 간단하게 결정할 사항인데도 불구하고 자신이 책임을 지기 싫어 윗선에 결정을 요청하고 기다리는 경우가 있다. 담당자 본인 스스로 결정한다면 전화상으로 바로 결정해, 다음 단계의 작업이 들어갈 수 있는데 윗선에 결정을 기다리는 경우는 자연스럽게 시간이 지체된다.

어떤 경우에는 1~2주까지 걸리는 경우도 있다. 윗선에서 해외출장을 가서 다음 주에나 온다고 하는 경우, 결재 받아야 하는데 외근 중인데 언제 들어오실지 모른다는 경우 이유도 다양하다. 크고 중요한 결정사항이라면 이해를 한다. 그러나 사진 선택, 문구 선택과 같은 사소한 것인데도 불구하고 결정하지 못하는 경우가 있다.

가장 큰 문제는 전달과정의 문제로 업무량이 증가하는 것이다. 업무 담당자가 직접적으로 결정하고 책임을 지는 경우 전달자가 없기 때문에 작업요청에 대한 누락이라든지 작업에 대한 왜곡이 발생하지 않는다. 발생하는 경우는 내가 잘못 이해하는 경우이기 때문에 이해될 때까지 정확하게 묻고 최종적으로 다시 한번 확인하면 된다. 그렇지만 업무 담당자가 전달자의 역할을 하는 경우 아무리 잘 전달한다 하여도 직접 전달하는 것 이상으로는 전달할 수 없기 때문에 누락과 왜곡이 자연스럽게 생길 수 밖에 없다.

상관의 지시를 정확하게 전달하지 못한 담당자는 그에 따른 책임을 질수밖에 없다. 자신의 실수이기 때문에 당연한 결과이다. 책임을 지는 경우 자신의 사비를 털어서 책임을 지거나 하지는 않는다. 지시 누락 건에 대해 우리 쪽에 양해를 구하고 협조를 부탁한다. 이때 우리는 담당자의 입장을 고려해서 편의를 최대한 봐준다.

업무량을 객관적으로 판단할 때 결정권한이 있는 담당자와 작업을 진행하게 되면 지시 누락 건이라든지 기타 다른 문제점이 없어 작업이 한번에 끝이 날 수 있지만 윗선이 많은 경우 불필요한 작업이 많아져 전체 작업량이 늘게 된다. 심한 경우 드문 상황이긴 하지만 고객사의 대표가 결과물을 보고 맘에 들어 하지 않아 처음부터 다시 제작하는 경우도 있다.

결정권이 윗선에 있는 경우 위와 같은 일들이 빈번하게 발생된다. 그래서 나 같은 경우에는 실재 결정권을 가진 직원과 미팅할 때 업무에 대한 권한을 담당직원에게 위임해달라고 건의를 한다. 그래야만 업무의 진행이 원활하며 결과물도 만족할만한 결과물이 나온다고 충분하게 설명을 한다. 그러면 대부분의 상관은 부하직원에게 권한을 위임해준다. 담당직원 역시 자신에게 책임이 주어지기 때문에 적극적으로 업무에 임하게 된다. 결과적으로 봤을 때 의뢰자, 작업자 모두에게 득이 되는 방법이다.

작업 시 명심해야 하는 것은 업무담당자 외에 다수의 결정권자가 존재한다면 수정이 많을 수밖에 없는 구조라는 것을 인지하고 작업 하나하나에 명확한 오더를 받아서 처리하고 문서로 남기는 것이 좋다. 사공이 많은 경우 배가 산으로 갈 수 있다는 것을 명심하고 명확한 오더를 문서로 받아 일을 처리해야 한다. 그래야만 불필요한 작업을 하지 않을 수 있다.

4장 좋은 업체와 그렇지 않은 업체를 잘 구별할 줄 알아야 한다

08

◆연락은 잘 되는가?

업무진행은 대부분 전화연락을 통해 이루어진다. 물론 미팅, 이메일, 메신저 등 다양하게 소통하긴 하지만 전화만큼 많이 활용되는 것은 없다. 이렇게 중요한 전화연락이 잘되지 않는다면 이는 심각한 문제가 있다.

거래처에서 나에게 연락을 취했을 때 부득이한 상황을 제외하고는 연락을 받지 않으면 안 된다. 부득이한 상황에 어쩔 수 없이 전화를 받지 못했다면 최대한 빠른 시간 내에 연락을 해줘야 한다. 연락은 업무에 있어 기본 중에 기본이기 때문이다. 모든 일에는 시작이 있는데 업무진행에 있어 시작은 연락에서부터 시작된다. 그러기에 "무슨 일이 있어도 연락은 받는다"라는 마음으로 임해야 한다.

반대로 내가 전화를 했을 때 거래처가 전화를 잘 받는지도 중요하다. 내가 의뢰를 받은 "을"의 입장에서 "갑"에게 전화를 했는데 받지 않는다면 이는 어쩔 수 없다. 내가 "을"이기 때문에 불편하더라도 몇 번 더 연락을 하는 수밖에 없다. 돈을 받는 입장이기에 어쩔 수 없는 부분이 있다. 물론 비용처리를 잘 해주는 업체에서만 그렇다.

간혹 평소에는 연락이 잘 되다가 비용처리 할 때쯤 되면 연락이 안 되는 거래처가 있는데 이는 좋지 않은 거래처이다. 자신이 필요할 때는 연락을 잘 되다가 불리하게 되면 연락이 안 되는 업체는 두말하지 않아도 좋은 업체가 아니라는 건 삼척동자도 알 것이다. 여하튼 "을"인 경우 돈을 받는 입장이기 때문에 "갑"과의 연락이 안될 경우에는 어느 정도의 불편함을 감수해야 한다.

이와 반대로 내가 "을"이 아닌 "갑"일 때가 있다. 요즘 업무에서는 전문성을 요구하다 보니 자신의 주력 분야가 아닌 경우 외주를 주는 경우가 많다. 우리와 같은 경우 프로그램 개발이 주력인데 사진촬영이 필요한 경우가 있다. 그런 경우 자체적으로 사진을 찍을 수도 있겠지만 더 좋고 전문적인 사진을 위해 사진기사를 섭외해서 사진촬영을 한다. 사진촬영뿐만이 아니다. 전문성이 요구되는 영역이 있는 경우 그때그때마다 전문인력이나 업체를 알아보고 작업을 의뢰하게 된다. 이때 업체나 인력선정 시 비용, 능력, 도덕성 등 여러 가지를 꼼꼼하게 따져 선정하는데 이 모든 부분에서 합격점을 받았다 해도 연락이 잘 되지 않는 업체라면 무조건 제외해야 한다.

"정말 좋은 업체인데 정말 능력 있는 사람인데 연락이 잘 되지 않네" 라는 생각이 혹시 든다면 이는 잘못 판단한 것이다. 연락이 잘 되지 않는 것 자체가 능력이 없고 좋지 않은 업체이기 때문이다. 한두 번 연락이 바로 안 될 수 있다. 그러나 빠른 시간 내에 응대가 있는지 점검해봐야 하며 연락이 안 되는 상황이 반복된다면 이는 생각해볼 것도 없이 무조건 제외해야 한다.

이처럼 연락이 잘 이루어지는 것은 중요한 것이다. 그러나 일반적인 대부분의 업체는 연락을 잘 받는다. 아주 기본 중에 기본이기 때문에 대부분 잘 지켜진다. 극히 일부 연락이 잘 안 되는 경우가 있는데 이런 업체들만 주의하면 되는 것이다.

4장 좋은 업체와 그렇지 않은 업체를 잘 구별할 줄 알아야 한다

09

첫 미팅의
느낌이 어떠했는가?

거래처와의 첫 만남 첫 인상이 아주 중요하다. 대부분 첫 느낌은 끝까지 가는 경우가 많다. "연애하는 것도 아니고 느낌이 뭐가 중요한가?", "견적서, 계약서와 같은 문서들이 중요하지, 첫 미팅의 느낌이 뭐가 중요한가?"라고 할 수 있다.

결론부터 말하자면 첫 느낌이 좋으면 마지막까지 좋고 첫 느낌이 좋지 않으면 끝까지 좋지 않다. 물론 아닌 경우도 드물긴 하지만 분명히 존재한다. 사업을 느낌 가는 대로 하라는 말은 절대 아니다. 느낌이 좋다 해서 계약을 하고 좋지 않다 해서 계약을 파기하라는 그런 말이 아니다. 느낌에 상관없이 자신의 신념에 위배되지 않는 한 계약을 할 수 있으면 무조건 하는 것이 좋다. 하고 싶어도 하지 못하는 것이 계약인데 할 수 있는데 하지 않는 것은 미련한 일이다.

그러나 내가 말하고자 하는 것은 느낌이 좋지 않은 업체인 경우 계약을 성사시키기 위해 너무 무리한 조건으로 하지 말라는 것이다. 예를 들어 거래처에서 요구한다고 해서 비용을 무리하게 내고하거나 작업일정을 너무 무리하게 짧게 잡지 말라는 것이다. 느낌이 별로인 업체인 경우 예외적인 상황을 많이 만들면 좋지 않다. 편의를 봐주기 위해 만들어 놓은 예외 상황이 주 업무보다 더 많은 문제를 야기시키는 경우가 있기 때문이다. 그러기에 가능하다면 업무 자체를 원칙대로 단조로운 방향으로 끌고 가는 것이 좋다.

사실 처음 사업을 할 때에는 고객과의 미팅에서 느낌이 오거나 하지는 않는다. 온다 해도 기분이 좋고, 좋지 않고 같은 막연한 감정일 뿐이다. 그러나 사업을 꾸준히 하고 다양한 고객들과의 미팅경험이 축적 되면 업체에 대한 유형이 자연스럽게 생기게 된다.

처음에는 블랙리스트, 화이트리스트와 같이 단순하게 2가지로만 분류가 되었다면 블랙리스트에도 유연성이 없는 블랙리스트, 비용에 인색한 블랙리스트 등 세분화되게 된다. 첫 미팅 때 대화를 하다 보면 앞에서는 느낌이라고 표현하였지만 유형을 자연스럽게 파악할 수 있게 된다. 유형을 파악하게 되면 이후에 발생되는 문제점들을 어느 정도 예측할 수 있게 되는데, 사실 이 부분이 놀랍도록 정확하다. 같은 유형에 속해있는 업체들은 같은 성향을 가지고 있다.

예를 들어 미팅단계에서 "비용이 너무 비싸네요 다른 업체에서는 더 저렴하던데"라는 식의 비용에 대해 언급과 동시에 타 업체와 비교하는 경우가 있다. 위와 같은 업체들은 대부분 예산을 넉넉하게 잡지 않고 질보다 양을 더 우선시하는 경향이 많다.

그러기에 접근방식은 "타 업체에 비해 높은 퀄리티를 자랑합니다"보다는 "저렴하게 원하시는 제품을 만들 수 있습니다"라는 접근이 훨씬 더 효과적이다. 질보다는 비용에 더 민감한 업체이기 때문이다.

사업이라는 것 자체가 사람들과 하는 것이기 때문에 감성적 교감이 없을 순 없다. "감성적인 접근 방식이어서 전문성이 떨어진다"라고 생각할 수 있겠지만 감성 역시 경험이 많아지면 데이터화되는 걸 알아야한다. 처음에는 업체유형이 많지 않아 예측이 정확하지 않을 수 있다. 그러나 경험이 누적되다 보면 예측은 더 정확해진다.

모든 일이 그렇듯이 상대를 정확하게 파악하면 주도권을 잡을 수 있다. 지피지기면 백전백승이라는 말이 있지 않은가. 느낌을 세분화해서 유형을 잘 나눈다면 첫 거래처에게도 정확하게 응대할 수 있게 되는 것이다.

4장 좋은 업체와 그렇지 않은 업체를 잘 구별할 줄 알아야 한다

감성적인 접근이 판단의 절대적 기준이 되어서는 안되겠지만 참고자료로는 충분히 사용할 수 있다.

지금까지 무수히 많은 업체를 대응하면서 내린 결론은, 처음 느낌이 좋지 않은 업체는 끝까지 문제를 발생시키고, 처음 느낌이 좋은 업체는 끝까지 나에게 도움이 되며 큰 문제 없이 일이 마무리된다는 것이다.

10

자신의 이익을 위해 ♦
타인의 손해에는 관심 없는 업체

처음 사업을 시작할 때 홍보효과를 높이기 위해 사업자와 프리랜서 양쪽으로 홍보를 했다. 그 중에 프리랜서로 홍보한 채널 중 구인구직 사이트를 활용한 적이 있는데 '사업자가 있는 프리랜서로 나의 이력을 올려놓으면 관심 있는 업체에서 연락이 오지 않을까'라는 생각을 했기 때문이다.

나의 생각은 틀리지 않았다. 올린 지 얼마 되지 않아 "S"업체 실장이라는 사람에게 전화를 받았다. "S"사에서는 나의 홈페이지 하단의 대표자명과 나의 이름이 일치하는걸 확인하더니 "대표이시면서 프리랜서로 일을 하십니까?"라고 물었고 나는 "예, 그렇습니다"라고 대답했다. "S"사에서는 사업자 없는 프리랜서 보다는 사업자를 낸 프리랜서를 찾던 중이었다. 사업자 없이 하는 경우 작업하다 잠수를 타는 경우가 있는데 사업자가 있는 경우는 아무래도 사업자이다 보니 잠수를 타지는 않을 것이라 나름 판단했던 것이다.

"S"사에서는 사업 제안 건이 있다며 나에게 미팅을 요청해 "S"사에 방문하게 되었다. "S"사에서는 단순홈페이지 제작 사업을 접고 프로그램 개발 사업을 할 계획이라며 기존 자신들의 업체 또는 앞으로 견적문의가 들어오는 내역들을 처리해줄 수 있겠느냐는 제안이었다.

사실 이 조건을 마다할 사람이 어디 있겠는가? 특별한 노력과 비용을 들이지 않고도 "S"사의 기존 고객과 신규고객 모두 내가 맞아 처리할 수 있기 때문에 나는 수락했고 계약서를 작성했다. 단 조건은 "S"사에서 소개해주는 업체와의 거래는 "S"사 명으로 진행해야 한다는 것이다. 이는 나쁜 조건도 아니었다. 거래처 확보 보다는 사업초기 돈을 버는 것이 목적이었기 때문에 괜찮은 조건이라 생각했다. 물론 하청이라는 개념이어서 단점도 있긴 하겠지만 노는 것보다는 돈을 버는 것이 낫다는 판단이어서 문제가 되지 않았다.

　계약서 작성 후 얼마 지나지 않아 연락이 왔다.
금영 업체에서 견적문의가 들어왔다며 진행을 부탁하였다. 그런데 금영 업체 사장님이 얼굴을 보고 미팅을 하길 원한다며 방문해야 된다고 말해줬다. 금영 업체에서는 나와의 처음 거래이기 때문에 얼마든지 미팅을 요구할 수 있다고 생각해 먼 거리임에도 불구하고 찾아가 상담을 했다. 그런데 아쉽게도 계약은 불발되었다.
또 얼마 지나지 않아 "S"사에게 연락이 왔다. 이번에는 펜션 업체라는 것이다. 펜션 업체인데 사장님이 홈페이지 제작예산을 낮게 잡았다며 참고해서 진행하라고 했다. 이 건은 계약이 성사되었다. 문제는 금액이었다. 지금 제작 비용으로 따진다면 1/3 정도의 금액에 제작해주었다.
또 얼마 지나서 연락이 왔는데 이번에는 감자 관련 프랜차이즈 홈페이지 제작의뢰였다.이번에는 업체와 직접 연결을 시켜주지 않고 자신들이 중간에서 진행하겠다고 했다. 업체가 까다롭고 작업사항이 복잡해 자신들이 중간에서 컨트롤하겠다는 것이었다. 고마운 일이라고 생각했다. 결과적으로 작업은 우리 쪽에서 차질 없이 완료해주었고. 제작비용은 지금 비용에 1/2 수준으로 작업을 해주었다.
그런데 그때 당시 내가 참 순진했었다는 생각을 많이 한다. 저렴한 비용으로 제작하고 손해를 보면서도 "S"사에게 이용 당한다는 생각보다는 업체를 소개받았다는 고마운 마음이 더 컸기 때문이다. 그러나 지금은 "S"사와 거래를 지속하진 않는다. 업체 쪽에서 우리에게 지급해야 될 비용을 지급하지 않아 계약이 파기되었다.
시간이 좀 흘러 사업에 경륜이 쌓이고, 제작해준 업체에게 "S"사에 관한 얘기를 듣다 보니 객관적인 눈으로 "S"사를 보게 되었다. 사실 "S"사는 우리 업체를 파트너 사로 생각하지 않았다. 자신들이 하기 귀찮고 돈 안 되는 일을 맡아 처리해주는 설거지 업체 정도로 생각했던 것이다. 자신들이 홈페이지 사업을 안 한다고 한 부분은 거짓말이었다. "S"사 홈페이지에 들어가보았더니 홈페이지는 리뉴얼이 되어 있었고 홈페이지 제작 사업은 계속하고 있었던 것이다. 홈페이지 리뉴얼 기간을 고려해보았을 때 우리와 계약하는 기간과 겹친다. 다시 말해 홈페이지 리뉴얼을 하면서 우리와 계약을 했던 것이다.

또한 앞에서 언급했던 금영, 펜션업체는 지금 나에게 의뢰가 들어온다면 비용 때문에 작업을 진행할 수 없는 업체들이다. 프랜차이즈 업체는 나중에 알게 된 사실이지만 우리가 제작해준 금액의 5배의 비용으로 계약이 되었다고 한다. 다시 말해 자신들은 일도 하지 않고 우리의 4배를 챙긴 것이다. 그러면서 했던 말이 제작에 따른 기획비 정도만 자신들이 수수료로 챙기겠다고 한 것이다. 기획비가 제작비의 4배라는 것은 말이 되지 않는다. 물론 자신들의 능력에 따른 합리적 비용이라면 누가 뭐라 하겠는가? 그러나 한쪽에서 너무 많은 수수료를 챙기게 되면 의뢰자와 제작자와의 밸런스가 맞지 않아 자신이 얻은 이득만큼 누군가는 손해를 보기 때문에 적당한 수수료만을 챙겨야 한다.

파트너는 자신이 하기 싫은 일, 돈 안 되는 일을 대신 해주는 상대가 아니다. 자신이 약간 손해를 보더라도 같이 상생하는 길이라면 기쁘게 희생을 감수할 수 있는 것이 파트너인 것이다. "S"사처럼 자신의 이득을 위해 파트너사의 희생을 강요하는 것은 파트너가 아니다. 얼마간은 속일 수 있다. 그러나 시간이 지나면 다 알게 된다. 그리고 이런 마인드로 사업을 운영한다면 어떤 업체에서 같이 거래를 하려고 하겠는가? 결과적으로 지금 "S"사는 이쪽 사업을 하지 않는다. 다른 사업을 할진 모르겠지만 현재 해당 홈페이지에 접속되지 않는다. 인터넷 사업에서 홈페이지가 접속이 안 된다는 것은 사업을 접었다는 의미이다. 그런데 이런 결과가 당연한 것이 아닐까?

이기적으로 사업을 운영은 처음에는 잘될 수도 있다. 그러나 분명하게 말하지만 지속될 수는 없다. "어떻게 하면 다른 사람의 노동력을 착취할까?"라는 생각으로 사업체를 이끌어 간다면 시간이 문제지 망하게 되어 있는 것이다. 그러기에 자신의 이익을 위해 타인을 희생시키는 행위는 절대 해선 안 된다.

기분을 좋게
해주는 업체가 있다

    거래처 작업을 하다 보면 기분을 좋게 해주는 업체들이 있다. 결제를 제때 해주거나 자료를 바로 제공하거나 약속을 잘 지키거나 해서 기분이 좋은 것은 아니다. 물론 언급한 부분을 잘 지켜주지 않으면 기분 좋은 업체(호감)가 아닐 가능성이 높긴 하지만 호감이 가는 업체는 위에서 언급한 것이 전부는 아니다.

호감을 느끼게 하는 업체들의 특징은 소통과 교감이 잘 이루어진다는 특징을 가지고 있다. 소통과 교감을 이루기 위해서는 일방통행을 해서는 안 된다. 그리고 자신만의 입장을 강조해서도 안 된다. 쌍방의 입장과 상황을 잘 판단하고 배려해야만 소통과 교감을 이룰 수 있는 것이다.

    기분을 좋게 하는 업체는 자신들이 비용을 지불하는 "갑"의 입장임에도 불구하고 항상 겸손한 자세로 작업을 요청한다. 이들은 작업을 지시할 때 윗사람이 아랫사람에게 작업을 지시하는 것처럼 하지 않고, 수평적인 관계 또는 아랫사람이 윗사람에게 작업을 부탁하는 어조로 요청한다. 그뿐 아니라 작업이 마무리되었을 때에도 항상 감사하다는 말을 한다. 엄밀하게 말하면 무료로 제공받는 것도 아니고 작업에 따른 비용을 지불했기 때문에 고맙다는 말을 할 필요는 없다. "수고하셨습니다"라는 말로도 충분하다. 그러나 기분 좋게 하는 업체는 항상 "감사합니다"라는 말을 입에 달고 산다. 심지어 우리가 작업에 오류가 있을 때에도 "감사합니다. 그런데 이것이 잘못된 것 같아요"라는 식으로 감사를 먼저하고 그 다음 문제를 제기한다.

사실 언어 습관일수도 있다. 그러나 상대에 대한 배려가 없는 습관적인 말은 쉽게 분별할 수 있으며 그로 인해 호감을 느끼긴 않는다. 호감이란 것은 누가 알려주거나 강요해서 느끼는 감정이 아니다. 같이 부딪히며 작업하다 보면 누가 알려주거나 강요하지 않아도 자연스럽게 느껴지는 감정이다.

　상대를 배려하는 것뿐만 아니라 문제를 바라보는 관점도 다르다. 문제가 발생되었을 때 과거에 집착하지 않고 더 나은 방법을 모색하려 노력한다.

사례를 들면 운영하는 서버의 보안이 취약해 공격을 받은 적이 있었다. 이때 해당 취약점을 분석해보니 우리 쪽 실수였다. 미리 취약점을 예측해서 방어를 했어야 하는데 소 잃고 외양간 고친 격이 되었다. 물론 거래처에서도 이 사실을 알고 있었고 문제를 제기하려면 얼마든지 제기할 수 있었다. 그러나 거래처에서는 특별한 문제를 제기하지 않았다. 이미 발생된 문제이기 때문에 집착하지 않았다. 집착한다 해서 과거에 있었던 일이 없어지는 것이 아니기 때문에 불필요한 집착을 하지 않았다. 그러나 집착한 부분이 하나 있는데 원인을 파악하는 것에는 집착했다. 우리 쪽에 책임을 묻기 위해 원인 파악에 집착한 것이 아닌 앞으로 유사한 사례가 발생되지 않도록 하기 위해 집착한 것이다. 발생된 문제는 어쩔 수 없지만 앞으로 발생할 수 있는 예상 가능한 문제점은 꼼꼼하게 점검한 것이다.

"빨리 처리해주셔서 감사합니다. 이미 벌어진 일 어떻게 하겠습니까? 앞으로 이런 일 발생하지 않도록 예방해주세요"라고 말을 했다. 이런 업체와 일을 하는데 어찌 기분이 좋지 않을 수 있겠는가?

　날씨가 더우면 커피라도 시원하게 사 드시라고 10만원을 입금해주기도하고, 요청한 일이 좀 과하다 판단하면 추가적으로 50만원 더 입금해주고, 휴가철에는 휴가 잘 다녀오라고 휴가비도 입금해준다. 이 정도 되면 나의 사업 거래처가 아닌 복지가 좋은 회사를 다니는 느낌이다. 이 정도 배려를 해주는 거래처라면 그 누가 호감을 가지지 않겠는가?

사실 호감업체건 비호감업체건 차별 없이 업무에 임해야 한다. 그러나 나도 사람인지라 위와 같은 업체에게 신경이 더 쓰이는 건 사실이다. 무 자르듯 여기까지 작업하고 더 이상 안 하는 것이 아닌 조금 더 작업을 해주고 업무시간 외에도 일을 더 봐준다.

기분 좋게 하는 업체는 상호 교감이 형성되고 서로 배려할 때 가능한 것이다. 한쪽에서 일방적으로 잘한다 해서 되는 것이 아닌 쌍방간에 서 로 배려하고 서로 존중할 때에 가능 한 것이다. 모든 거래처가 기분 좋 게 하는 거래처이면 좋겠지만 실상 이러한 업체는 극히 드물다. 거래처 가 나에게 잘해주기를 바라기보다는 내가 먼저 거래처에게 잘해줘서 거래처가 느끼기에 우리 업체가 기분 좋게 하는 업체가 되어야 한다. 그 이후에나 우리에게 기분 좋게 하는 거래처를 기대할 수 있지 않겠는가? 항상 상대에게 바라는 모습으로 내가 상대를 대한다면 상대는 내가 바 라는 모습으로 보답하게 될 것이다.

5장

모든 업체는 상황에 따라 달라지게 된다

◆모든 업체는
단면이 아닌 다면체이다

우리의 사고는 양면에 너무 익숙해져 있다. 동전의 양면, 선과 악, 흑과 백 같은 이분법적인 사고에 익숙해져 있다. 그래서 사람과의 관계에서도 도움이 되는 사람과 그렇지 않은 사람처럼 이분법적으로 나누려는 경향이 있다. 그러나 결코 이분법적인 사고는 답이 아니다. 이분법적인 사고는 문제를 단순화시키고 분석하는 것에는 탁월한 효과가 있지만 이분법적인 접근방식은 본질을 왜곡할 수 있다는 단점이 있음을 명심해야 한다.

얼마 전에 휴대전화로 "당신이 지지하는 정당은?", "당신이 지지하는 후보는?" 등의 정치관련 설문조사 전화가 걸려온 적이 있다. 선거철만 되면 의례적으로 걸려오는 전화여서 무시하기가 일쑤인데 그때는 시간적 여유가 있어서 참여했다.

지지하는 정당은 A당, B당, C당 중에 하나를 선택하는 형태이다. 이것 아니면 저것, 저것 아니면 이것 단순하게 선택하는 것이다. 내가 A당을 선택하면 A당의 모든 행동들이 맘에 들어서 A당을 선택하는 것인가? 내가 B당을 선택하지 않은 것은 B당의 모든 행동들이 맘에 들지 않아서인가? 절대 그렇지 않다.

A당의 행동들 중에서 맘에 드는 부분과 그렇지 않은 부분이 존재하고 B당도 마찬가지이다. 그러기에 "A당을 80%지지하고 20%는 지지하지 않는다"라는 식의 설문이 더 정확할 것이다. 그런데 설문조사를 할 때에

복잡하게 질의를 하면 참여율이 떨어지기 때문에 이분법적인 접근을 한다.

우리 주변에는 이처럼 이분법적인 접근 방식이 많이 존재한다. 그러다 보니 우리는 사물을 바라볼 때 단면으로만 구성되어있다고 오해하는 경우가 왕왕 있다.

거래처 역시 화이트리스트, 블랙리스트 이분화되어 존재하지는 않는다. 하나의 거래처 내에 화이트 면과 블랙 면이 공존한다. 그뿐 아니라 빨강, 초록, 파랑 다양한 색이 공존하는 다면체로 되어있다. 다면체라는 의미는 어느 방향에서 보느냐에 따라 다른 색으로 보인다는 의미이다. 그러기에 가능하다면 나에게 유리한 색상으로 거래처를 유도하는 것이 좋다.

모든 상황은 상대적이어서 내가 하기에 따라 상황이 변하게 된다. 거래처 역시 내가 하기에 따라 화이트 면을 보이기도 하고 블랙 면을 보이기도 한다. 항상 그런 것은 아니지만 내가 잘해주면 상대도 잘해주는 것이 일반적이다. 그러기에 될 수 있는 한 최선을 다해 거래처와 소통하고 일을 해주면 거래처의 긍정적인 면인 화이트 면을 보여주게 된다.

최선을 다했지만 의도치 않게 일이 잘못되어 거래처가 화를 내는 경우가 있다. 이때 주의 해야 할 것이 있는데 상대가 나에게 화를 낸다 하여서 절대 같이 화를 내서는 안 된다. 상대가 화를 내는 경우는 잘 참고 인내해야 한다. 그 고비만 참고 넘기면 이후에는 상대가 나에게 급 친절해진다.
일반적인 사람인 경우 상대에게 화를 내고 기분 좋아라 하는 사람은 없다. 화를 낸 이후에는 마음이 불편해진다. "내가 왜 화를 내었을까?", "조금만 더 참았어야 하는데" 이런 식의 자책과 함께 "화를 내지 말아야겠

5장 모든 업체는 상황에 따라 달라지게 된다

다", "좀더 친절하게 대해줘야겠다"라고 생각하면서 미안한 마음을 갖게 된다. 그렇기 때문에 그 순간만 잘 참고 넘어가면 일이 순조롭게 풀리는 경우가 많다. 상대가 화를 내면 오히려 기쁜 마음으로 "일이 잘 풀리겠구나"라고 생각하면 된다.

거래처는 화를 내다가도 친절하게 변하기도 한다. 이 변화를 이끌어내는 것은 응대하는 사람의 능력이고 실력이다. 거래처의 부정적인 면에 집착하지 말고 긍정적인 면으로 대면할 수 있도록 자신이 노력하는 것이 중요하다.

나의 실력과 능력에 따라[◆]
거래가 유지된다

사업의 기본은 이윤창출이 주된 목적이다. 이윤창출을 하기 위해서 거래처들과 크고 작은 거래를 하게 되는데, 이때 거래처는 자신의 필요에 따라 거래를 하게 된다. 쉽게 말해 거래처는 자신에게 필요하면 거래를 하고 그렇지 않으면 거래를 하지 않는다. 그러기에 감성에 호소하는 부탁이나 사정을 해서 거래처를 확보할 수 있는 것이 아니다. 실력과 능력이 있어 필요를 채워줄 때 거래가 성사되며 유지될 수 있는 것이다.

물론 사정과 부탁 또는 소개로 한번은 거래를 할 수 있다. 그러나 실력과 능력이 없으면 지속적인 거래란 불가능하다.

실제로 있었던 사례이다. 우리 서버 중 C사이트에서 디도스 공격을 받은 적이 있었다. 우리가 받은 디도스 공격은 C사이트에 의도적으로 많은 방문자를 늘려서 서버를 다운시키는 방법이었다. 쉽게 말해 물탱크가 있다면 들어오는 물이 나가는 물보다 많아 물탱크가 터져 버리는 것을 상상하면 된다. 디도스 공격도 마찬가지이다. 서버에서 처리할 수 있는 양이 있는데 이걸 넘어서면 서버가 다운되는 것이다.

서버는 좋은데 네트워크 트래픽이 좋지 않은 경우도 있다. 이 말은 물탱크 용량은 넉넉한데 물이 들어오는 배수관이 좁다고 생각하면 된다. 배수관이 좁은 곳에 많은 물이 들어오면 압력이 커져 배수관이 터지게 된다. 그러기에 디도스 공격은 서버도 중요하지만 네트워크 트래픽 양도 중요하다.

지금 현재 우리 서버는 H업체에서 관리하고 있다. 10년 가까이 관리를 해주다 보니 신뢰가 많이 형성되었다. 간혹 고객들이 업체를 추천해 달라 하면 H업체를 추천해주기도 한다. 그래서 나와 같은 경우 H업체와 같이 작업하는 것이 편하고 좋다. 그런데 C사이트 사장이 D업체를 말하면서 그쪽으로 C사이트 서버를 옮기고 싶다고 했다. 이유는 배수관에 해당되는 네크워크 트래픽 양이 H사와 비교해 높았기 때문이다. 고객의 결정이니 그대로 따랐다. 그런데 문제는 D사에서 사이트 복구할 때 문제가 발생되었다. 서버설치는 완료하고 사이트를 복구하는데 복구를 하지 못하는 것이었다. 그로 인해서 1일정도 사이트 접속이 불가능한 상태가 된 것이다. D업체는 네트워크 부분에서 장점이 있었으나 서버관리 쪽에는 약점이 있었던 것이다. 결과적으로 다시 H업체로 다시 옮겨 정상 서비스를 받고 있다.

그런데 재미있는 사실은 일이 마무리된 이후에 내가 트래픽(배수관)에 관해 H사에 별도로 문의했을 때이다. D사는 자신들의 장점인 네트워크 트래픽 관련된 부분을 열심히 설명했고 나 역시 열심히 들었다. 상담이 마무리될 무렵 H사에 있는 우리의 서버들을 자신들의 회사로 전부 옮기는 것이 어떻겠냐며 비용도 저렴하게 해주겠다는 것이다. 그때 나는 정중하게 거절했다. "H사에서 받는 서비스에 만족하고 이전할 생각은 없으며 추후에 추가 서버를 개설해야 하는 경우 고려해보겠지만 지금은 계획이 없다"라고 말했다.

솔직한 심정은 서버관리도 못하는 D사인데 어떻게 옮기겠냐는 것이다. 네트워크 장점은 있을 수 있다. 그러나 서버관리 능력이 없다 보니 자신들이 말하는 네트워크 관리능력 자체도 의심이 가는 상황이었다. 약간의 비용의 이득을 얻기 위해 검증되지 않은 서비스를 받을 수는 없는 것이었다.

만약 D사에서 모든 부분에서 순조롭게 일을 처리했다면 디도스 공격받는 사이트는 순차적으로 D사에 옮겼을 것이다. D사에서 특별한 영업을 하지 않았어도 낮은 비용을 제시 하지 않아도 내가 알아서 옮겼을 것이다.

  이처럼 거래처와의 관계는 서로간의 필요가 충족될 때 거래가 성사되고 유지되는 것이다. 그러기에 내가 필요를 채워줄 수 있는 실력과 능력이 되지 않으면 거래처의 태도가 바뀔 수밖에 없다. 거래를 계속 유지하고 싶다면 자신의 실력과 능력을 키워야 한다.

  지금 현재 거래 중인 거래처가 영원할 것이라는 낙관적인 생각은 버리고 자신을 갈고 닦아 실력과 능력을 키워 기존 거래처는 굳건하게 유지하고 새로운 거래처는 더 많이 확보해 나아가야 한다.

03

◆기업의 필요와
이익에 따라 거래가 유지된다

　어느 날 갑자기 특별한 이유 없이 거래처의 거래가 깨지는 경우가 있다. 어제까지 같이 거래하고 전혀 문제가 없었는데 갑자기 거래 종료 통보를 받는 경우이다. 여러 가지 이유가 있을 수 있다. 여기에서는 우리 쪽이 아닌 거래처 쪽의 변화로 인해 거래가 깨지는 상황을 말해보려 한다.

　지금까지 가장 많이 경험한 상황은 거래처의 담당자가 바뀌면서 거래가 깨지는 경우이다. 내막을 살펴보면 업무담당자는 이전에 다니던 회사에서 같이 손발을 맞춘 업체가 편해 이직 후 자신과 손발을 맞췄던 업체를 추천하고 회사측에서는 그걸 반영하는 경우이다. 물론 이러한 상황이 반복됨을 경험한 회사에서는 담당자가 바뀔 때마다 업체를 바꿀 수 없어 기존거래처를 계속 유지한다. 바꿔도 별다를 것 없고 또 기존 거래처와 신뢰도 있고 해서 큰 실수가 없는 한 바꾸지는 않는다.

또 다른 경우는 다른 업체에서 좋은 가격으로 영업이 들어왔을 때이다. 사실 약간의 이익을 위해서 거래처를 바꾸지는 않는다. 거래처를 바꾸는 일이란 번거롭고 귀찮은 일이기 때문이다. 거래처의 실력도 검증해야 되고 손발도 맞춰야 하기 때문에 비용이 약간 비싸더라도 잘 바꾸려하지 않는다. 비용 때문에 바뀌는 경우는 약간의 비용차이가 아닌 50% 정도 획기적인 비용차이가 날 때 바뀐다. 절반의 가격으로 공급받는다면 누가 마다 하겠는가. 이처럼 큰 비용차이가 나면 거래처를 바꾸겠지만 약간의 비용차이가 나는 경우엔 바꾸려 하지는 않는다.

마지막으로 거래처에서 해당사업을 마무리하는 경우이다. 사실 이때가 가장 마음이 아프다. 우리가 만들어준 서비스를 가지고 사업을 했는데 잘 안되면 죄송스러운 마음도 있다. 사업을 마무리하는 것이 우리가 납품한 제품에 하자가 있어서 사업을 접는 경우는 없다. 운영에 문제 자금의 문제 등 수많은 문제로 인해 폐업을 결정하는 것이긴 하지만 그래도 우리가 납품한 제품이기 때문에 무거운 마음은 어쩔 수 없는 것 같다. 반대로 우리가 납품한 제품으로 인해 사업이 잘되면 그것처럼 기쁜 일도 없다. 우리가 잘해서 사업이 잘되는 것은 아니지만 연대감이라고나 할까. 우리 역시 기쁘다. 그러나 폐업하는 경우에는 우리 역시 슬프고 안타까운 마음이 많다.

이처럼 거래처의 여러 가지 상황으로 인해 거래가 깨지는 경우가 있다. 위에서 언급한 것들은 특별히 우리 쪽에서 어떠한 액션을 취한다고 해결되는 문제들은 아니다. 담당자 바뀌는 것을 관여할 수도 없고 납품액을 절반으로 낮춰 손해 보며 납품할 수도 없으며 폐업하는걸 막을 수도 없다. 이처럼 영역 밖의 상황으로 인해 거래가 파기되는 경우 너무 낙심할 필요 없다. 낙심해서 진행중인 프로젝트에 영향을 주지 말고 불가항력적인 일은 인정하고 깨끗하게 잃는 것이 여러 면에서 좋다.

상황에 따라 변화하는 거래처는 계약서로 조절 가능하다

계약서는 거래에 있어 기본적인 문서이다. 거래에 대한 서로의 약속을 문서화한 것이기 때문에 기본이 되면서 중요한 문서이다. 이렇게 중요한 문서는 계약을 할 때마다 매번 새롭게 작성하진 않는다. 기본적인 계약서를 작성한 이후에 세부정보만 고쳐서 쓰거나 추가적인 사항이 있다면 별첨을 추가해서 계약서를 완성하는 것이 일반적이다. 그러기에 토대가 되는 기본계약서는 중요한 역할을 한다.

그런데 이 기본계약서는 불변하는 것이 아니다. 기본계약서를 빈번하게 수정하는 것은 옳지 않지만 업그레이드 차원에서 수정보완 하는 것은 필요하다. 잘 작성된 계약서는 다양한 거래처의 변화에 효과적으로 대응할 수 있다.

모든 상황을 예측하여 계약서를 작성한다면 거래에 있어 하나의 문제점도 없을 것이다. 발생될 문제를 계약서에 언급하고 처리 방법까지 나열해놓는다면 이 얼마나 완벽한 계약서 이겠는가? 그런데 신이 아니고선 이런 모든 일을 예측하고 작성할 수가 없다. 그러나 한번 정도 경험한 일이라면 예측 가능하지 않겠는가? 한 번이 아닌 지속적으로 반복되는 문제점이었다면 예측하여 기본 계약서에 미리 반영할 수 있지 않겠는가?

검수에 관한 사항을 예로 들어보자. 일반적인 작업기간이 3주 정도 소요가 되는데 거래처에서 검수를 하지 않아 작업이 지체되는 경우가 있다. 1~2주 정도 지체되는 것은 애교로 봐줄 수 있는데 1년 정도 지체되었다가 검수하는 경우가 있다. 이렇게 오래 지체되는 경우 검수요청 했던 작업물에 대해 대대적인 수정이 불가피해진다. 1년 전에 맘에 들었던 디자인일 수 있지만 1년 후에는 보는 눈이 변한다. 혹여나 디자인에 문제가 없다 해도 사업영역이 변해 정보 자체가 변경되는 경우도 있다. 최악의 상황에는 기존에 작업했던 것을 모두 버리고 새롭게 작업해야 될 때도 있다. 우리 입장에서 볼 때 얼마나 큰 손해인가? 그러기에 검수에 관해서 계약서에 추가해놓는 것이 좋다.

"'을'이 '갑'에게 검수요청을 할 경우 1개월 이내에 '갑'은 검수완료 해야 하며 1개월이 지난 경우 수정에 따른 추가비용이 발생한다." 이렇게 추가해두면 1개월 이내에 추가비용 때문이라도 검수를 하게 된다. 그래도 안 하면 추가비용을 받고 작업을 해주기 때문에 손해 볼 것이 전혀 없다. 이처럼 발생될 문제와 방법을 계약서에 명시해놓는다면 이 얼마나 효과적인 대응 방법이겠는가?

작업할 때에 여러 돌발 변수들이 많이 발생하면 작업을 원활하게 할 수 없는 것이 사실이다. 작업시간보다 더 많은 시간을 작업 외 일에 투자한다면 이 얼마나 비효율적인 사업운영이겠는가? 기본계약서를 잘 활용해서 상황을 최대한 줄여가는 것도 지혜로운 사업운영이다. 기본계약서는 우리 쪽에서 작성하기 때문에 얼마든지 수정보완해 완벽하게 계약서를 작성할 수 있다. 잘 작성된 계약서는 상황에 따라 변화하는 거래처를 어느 정도 컨트롤할 수 있기 때문에 효과적인 사업도구 중 하나이다.

6장

수입은 늘리고 지출은 현명하게 하라

01

아낄 곳과 투자할 곳을 잘 구별하라

　사업의 궁극적인 목적은 이윤을 많이 남기는 것이다. 가장 이상적인 방법은 많이 벌고 적게 쓰는 것이다. 많이 벌고 많이 쓰거나, 적게 벌고 적게 쓰는 것은 별 의미가 없다. 겨울철 눈 쌓이는 것을 상상해 보자. 하루 종일 함박눈이 내려도 전혀 쌓이지 않는 날이 있다. 기온이 높아 눈이 땅에 닿자마자 녹는 날은 아무리 많은 눈이 내려도 쌓이질 않는다. 그런데 이와 반대로 새벽에 잠깐 내린 눈이 소복이 쌓이는 경우가 있다. 새벽에 기온이 떨어져 내리는 눈 전부 녹지 않고 쌓이는 경우이다.

그러기에 많은 것을 번다 해서 많은 것이 남는 것이 아니다. 적게 벌어도 지출이 없으면 많이 벌 때보다 더 많은 것을 남길 수 있다. 그러기에 소득도 중요하지만 지출 역시 중요하다

　지출을 줄이기 위해 구두쇠처럼 쓰라는 것이 아니다. 어렵게 얻은 수입을 지혜롭게 지출하라는 의미이다. 구두쇠처럼 자신에게 들어온 수입을 아껴가며 사용해야 하는 부분이 있는가 하면 과감하게 지출해야 되는 부분이 있다.

사업운영을 잘하는 사람인 경우 써야 할 때 과감하게 쓰고, 쓰지 말아야 할 때 자린고비처럼 쓰지 않는다. 그런데 문제가 있는 사업체일수록 써야 할 때 아끼고, 쓰지 말아야 하는 곳엔 물 쓰듯이 쓰는 경우가 많다.

그렇다면 아껴야 하는 곳과 투자해야 하는 곳은 어디일까? 아껴야 하는 곳은 당연한 말이겠지만 불필요한 지출이다. 특히 고정적으로 지출되는

비용이라면 특히 주의해야 한다.

예를 들어 사무실 월세, 인터넷, 전화, 팩스, 프린터 대여 등 고정적으로 지출되는 비용 중에 과도한 비용 또는 불필요한 지출이 있는지 확인해 볼 필요가 있다. 인터넷과 전화 같은 경우 할인 혜택을 활용해 매달 지출액을 줄이는 방법이 있다. 팩스 같은 경우 사용 빈도가 낮다면 설치할 필요 없이 인터넷 팩스를 사용하고 프린터 같은 경우 대여보다 구매 쪽이 길게 봤을 때 이득이므로 구매를 통해 비용지출을 막는 것이 좋다.

사실 매달 고정적으로 지출되는 항목의 비용은 그리 고가는 아니다. 단 몇 만원 단위에 적은 액수의 금액들이 대부분이다. 사업에 있어 매달 몇 만원 정도의 비용은 코끼리한테 던져주는 비스킷 수준이다. 그러기에 귀찮아서 바꾸지 않고 그냥 유지하는 경우가 종종 있다. 그러나 한 달에 1만원이면 1년이면 12만원이다. 이러한 항목이 10개면 1년에 120만원이 되는 것이다. 일회성으로 끝나는 구매와 같은 경우 1만원 더 비싸게 사는 것은 큰 문제가 되지 않는다. 그러나 지속적으로 누적되는 항목이라면 얘기가 달라진다. 이땐 정비가 꼭 필요하다.

이와 반대로 아끼지 말고 투자해야 되는 부분이 있다. 광고비나 직원에게 투자하는 비용이다. 매출을 늘리기 위해서는 광고비에 투자하는 것이 당연한 것이다. 매출을 늘리기 위해 지출을 줄이는 방법으로 광고비를 줄이는 것은 어리석은 일이다. 매출은 광고비와 비례해서 늘기 때문에 광고비용은 지출이 아닌 투자인 것이다. 광고 역시 최소비용으로 최대효과를 누릴 수 있는 채널을 찾고 고민해야 되는 것은 당연하다.

투자라 하여 무조건적인 투자는 지양해야 하고 효과적인 투자를 지향해야 한다. 특히 많은 부분은 투자해야 되는 것은 직원들의 복지와 직원들의 업무환경 개선이다. 대표 중에 직원들에게 배신을 많이 당한 경우 직원들에 대한 투자를 소극적으로 하는 경우가 있다. 가족처럼 생각해서 직원에게 잘 대해주고 직원이 요구하면 무엇이든 다 들어주었는데,

어느 날 갑자기 더 좋은 자리가 있다고 퇴사해버리는 경우 대표가 받는 상처는 클 수 밖에 없다. 그러나 상처를 받기 전에 생각해봐야 것은 내가 잘해준 것이 직원들이 원하는 바인지를 먼저 돌아볼 필요가 있다.

직원은 급여 올려주길 원하는데 대표는 그것도 모르고 업무환경 개선에만 투자하는 경우 직원은 업무환경 개선을 원하는데 회식에만 비용을 투자하는 경우 등 한번 돌아볼 필요가 있다. 대표가 모든 필요를 충족시켜준다 해도 직원과 대표와는 바라보는 시선자체가 다르기 때문에 문제가 생길 수 밖에 없다. 그러기에 대표 역시 직원들에게 잘해주되 언젠가는 떠날 수 있는 사람이라는 것을 잊지 말고 약간의 거리를 유지하며 대하는 것이 서로에게 좋다. 그렇다 해서 떠날 사람 잘해줄 필요가 무엇이 있나 하고 대충 하라는 것이 아니다. 있을 때에는 최선을 다해 투자를 아끼지 말아야 하는 것이다.

정리하자면 사업의 매출을 올리기 위해서는 수입을 늘리고 지출을 줄여야 한다. 지출을 무조건적으로 줄이는 것이 아닌 줄여야 하는 지출과 늘려야 하는 지출을 잘 분별해서 지혜로운 지출을 해야 한다.

1만원의◆
고정수입이라도 늘려라

고정적인 지출은 지양해야 하겠지만 고정적인 수입은 지향해야 한다. 사업의 가장 큰 위험요소는 지난 달 매출은 200% 달성이었는데 이번 달 매출은 적자와 같은 널뛰기식 수입이다. 사실 연평균 매출을 살펴볼 때 연평균이 높은 널뛰기식 매출보다는 연평균 매출이 좀 적더라도 평균에 크게 벗어나지 않는 안정적인 소득이 훨씬 좋다.

꾸준한 소득을 확보하기 위해서는 고정적인 수입이 중요하다. 고정적인 수입이 늘면 늘수록 사업은 안정궤도에 들어설 수 있다. 신규매출액이 적게 된다 해도 고정적인 수입이 많으면 어느 정도 완충할 수 있어 사업에 대한 리스크를 줄일 수 있다.

우리 업종(홈페이지 제작)과 같은 경우 고정적인 수입항목은 도메인, 호스팅, PG수수료, 매월 관리비 등이 있다. 여기에서 도메인, 호스팅은 홈페이지 유지에 꼭 필요한 항목이다. 하지만 고정수입 비용은 아주 적다. 도메인 호스팅을 포함해 월로 환산하면 1만원 정도의 고정수입이다. 월 매출에 비교해봤을 때 1%로도 되지 않는 아주 적은 매출이다. 그러나 이 작은 금액에 집중하는 이유는 따로 있다.

1%도 되지 않는 고정비용은 매달 누적이 된다는 것이다. 1개의 업체는 1만원이지만 10개의 업체는 10만원이 된다. 업체가 늘면 늘수록 고정수입은 늘 수밖에 없다. 사실 처음 사업을 시작할 때 호스팅 비용은 전체 매출에 1%로도 차지하지 않았다. 그러나 1년이 지나고 5년이 지나면서 1%가 5%가 되고 10%로 증가하게 되었다. 이처럼 고정수입은 누적되는 특

징이 있어 중요한 매출요소이다.

　PG수수료라는 것도 있다. 쇼핑몰을 운영하기 위해서는 카드결제, 휴대폰결제, 계좌이체 등의 전자결제 관련된 업무를 처리해야 한다. 그런데 쇼핑몰 운영자 입장에서 전자결제를 위해 카드사, 통신사, 은행과 직접 계약하고 모듈을 개발한다는 것은 현실적으로 불가능하다. 그러기에 이를 대행해주는 업체가 있는데 이곳이 바로 PG사이다.

쇼핑몰 운영자는 PG사와 계약을 하고 PG사는 카드사, 통신사, 은행 등과 계약을 하는 구조이다. 쇼핑몰 제작사는 PG사에서 제공하는 결제모듈을 받아 쇼핑몰을 제작하고 PG사는 이 모든 것을 제공하는 대신 결제수수료(일반적으로 카드 3.5%수수료)를 챙기게 된다. 우리 같은 제작업체인 경우 쇼핑몰을 많이 만들기 때문에 주거래 PG사를 선정해 파트너 계약을 맺는다. 개발사 입장에서 매번 전자결제 모듈작업을 할 필요가 없고, 그로 인해 작업이 줄어 쇼핑몰 의뢰자는 제작비용이 줄어들고 PG사는 수수료매출이 늘기 때문에 모두에게 이로운 방법이다.

이때 우리 제작사는 PG사에게 리베이트를 받게 되는데 계약에 따라 다르겠지만 결제금액의 0.1~1% 정도 받는다. 리베이트 1%(높게 평가한 수치)를 기준으로 쇼핑몰에서 카드로 10,000원을 결재하면 350원은 PG사가 수수료를 받고 PG사는 350원 중에 10원(전체 1%)을 파트너사에게 지급하게 된다.

정리하자면 구매자는 10,000원(구매자)=판매자(9,650원)+PG사(340원)+파트너사(10원) 이다. 이처럼 리베이트는 쇼핑몰이 폐업하지 않는 이상 고정적인 소득이 되므로 이 또한 무시할 수 없는 비용이다.

　마지막으로 매월 관리비가 있다. 홈페이지 수정이 있는 경우 수정 때마다 건바이건으로 비용을 받고 처리하는 경우가 있다. 이런 일이 지속적으로 반복되는 경우, 거래처의 협의를 해서 매월 관리비를 받고 처리해주는 관리계약을 하는 경우가 있다. 거래처 입장에서는 평균 작업비용보다 30%정도 저렴하게 작업해주기 때문에 비용 면에서 이점이 있고 우리 입장에서는 30%정도 저렴하게 작업을 해주는 부담이 있지만 고정적인 수입을 확보할 수 있다는 더 큰 장점이 있어 이 방법을 선호한다. 매월 관리비를 50만원으로 가정했을 때 어떤 달에는 100만원의 작업을 하고 50만원을 받아 손해인 것처럼 보이지만 어떤 달에는 10만원의 일을 하고 50만원을 받는 달이 있기 때문에 길게 보았을 때 큰 문제가 되지 않는다.

만약 비용차이가 많이 나는 경우 6개월이나 1년 단위로 재계약하여 월 관리비를 조정해 나가면 된다. 사실 매월 관리비는 고정매출 중에 가장 큰 비중을 차지한다. 다른 고정매출은 비용이 적은 반면 관리비용은 비용자체가 크기 때문에 가능하다면 매월 관리하는 거래처를 늘려가는 것이 바람직하다.

비용이 크건 작건 고정매출은 많으면 많을수록 좋다. 고정매출의 비용이 큰 항목이라면 두말할 것 없이 좋을 것이고 고정매출의 비용이 적은 것이라 할지라도 가벼이 볼 항목이 아니라는 것이다. 일회성의 100만원의 매출보다는 고정적인 1만원의 매출의 의미가 훨씬 크다. 고정수입은 1만원 X n 이기 때문에 실재 이 비용이 얼마가 될지는 아무도 모른다. 그러기에 단돈 1만원이라도 고정매출이라면 늘리는 것이 바람직하다.

03

˙시스템도 자산이다
(효율적인 시스템은 수입을 늘리고
지출을 줄여준다)

고정적인 지출을 줄이는 방법 중 하나로 시스템을 정비하는 방법이 있다. 시스템 정비로 인해 불필요한 시간소비를 줄여 시간을 확보하게 되면 수입에도 긍정적인 영향을 미치게 된다. 일차원적으로 볼 때 시스템을 잘 구축해놓았다 해서 거래처에서 돈을 입금해주는 것이 아니다. 입체적으로 볼 때에 시스템 구축으로 인한 시간확보가 매출에 영향을 미치는 것이다.

처음 접하는 일과 숙련된 일과는 분명한 차이가 있다. 처음 하는 일은 익숙하지 않아 시간도 많이 걸리고 실수도 많으며 완성도 역시 떨어진다. 그러나 숙련된 일은 시간도 적게 걸리고 실수도 없으면 완성도 역시 높다. 초보자가 아닌 경력자를 선호하는 이유가 바로 이런 이유 때문이다. 기술이 누적될수록 업무의 효율이 높아져 매출이 오르는 것은 부인할 수 없는 사실이다.

축구로 비유하자면 기술은 개인기이고 시스템은 조직력이다. 개인기와 조직력을 잘 갖춘 팀은 자연스럽게 강한 팀이 된다. 사업에서도 기술과 시스템을 잘 갖춘 업체가 강한 기업, 강기업이 된다. 그러기에 개인의 기술과 회사의 시스템을 잘 갖추도록 투자해야 한다.
사실 개인기는 각 직원의 숙련도이기 때문에 개인이 노력하지 않는 이상은 큰 성과를 이루기는 어렵다. 그러나 회사 내 시스템은 개선하는 것은 얼마든지 가능하다.

실제로 우리 업체 같은 경우 시스템 투자를 통해 많은 부분이 개선되었다. 견적의뢰가 들어와 견적서 작성 후 발송할 때 시스템을 갖추기 전에는 견적서 발송까지 평균적으로 30분 가량 소비되었다. 그러나 견적서 관련 프로그램을 개발한 이후에는 작성 후 발송까지 평균 3분 정도밖에 걸리지 않는다.

계약서도 마찬가지이다. 모든 일이 다 그렇겠지만 특히 계약서는 실수를 하면 안 된다. 오타가 있거나 비용을 잘못 적거나 하는 실수는 절대해서는 안 된다. 시간 단축도 중요 하지만 실수하지 않는 것이 더 중요하다.

그래서 시스템이 갖춰지기 전에는 꼼꼼하게 하다 보니 계약서 작성시 평균 1시간 정도 소요가 되었다. 그러나 계약서 작성 프로그램을 개발한 이후에는 10분 정도로 시간이 단축되었고 실수자체를 할 수 없도록 개발해놓아 실수도 없어졌다.

서류에 관한 부분뿐 아니라 실제 작업에서도 시스템을 갖춰놓았다. 홈페이지 제작 시 가장 처음으로 하게 되는 작업은 호스팅 셋팅이다. 쉽게 생각해 집을 지을 때 땅을 확보하는 작업이라고 보면 된다. 집 지을 땅을 알아볼 때 집뿐만 아니라 수도, 전기, 도로 등 환경을 확보해야 한다. 홈페이지 제작에도 계정등록, 데이터베이스, 도메인 등 여러 가지를 셋팅을 통해 환경을 확보해야 한다. 이 모든 작업을 호스팅 셋팅이라고 한다. 이 작업은 아무나 할 수 있는 그런 간단한 작업이 아니다. 호스팅 셋팅은 전문적인 지식이 있는 개발자나 서버관리자 정도 되어야 가능하다. 시간 역시 1~2분 이내에 셋팅할 수 있는 작업이 아니다. 전문 기술자가 30분 정도 투자해야 가능한 난이도가 있는 작업이다. 그러나 우리는 호스팅 셋팅 시스템을 구축하여 문턱을 낮춰놓았다. 간단한 교육만 받으면 누구나가 호스팅 셋팅을 쉽게 할 수 있도록 만들어놓은 것이다. 호스팅에 필요한 아이디와 비밀번호를 입력하고 엔터만 누르면 자동으로

6장 수입은 늘리고 지출은 현명하게 하라

계정추가, 데이터베이스추가, 임시도메인 등록 및 연결까지 이 모든 작업이 한번에 처리된다.

사실 셋팅 시간은 1분도 걸리지 않는다. 아이디와 비번을 입력하고 엔터 누르는 시간만 있으면 되기 때문이다. 이 외에도 검수시스템, 고객응대 시스템 등 구축된 시스템이 많이 존재한다.

이처럼 시간과 비용을 들여 구축한 이유가 무엇이겠는가? 시스템을 정비한다 해서 바로 돈이 되는 것은 아니다. 시스템을 잘 구축해놓으면 업무시간이 줄어들게 된다. 사업은 노동 시간을 돈으로 환산하는 작업이기 때문에 시간 확보는 바로 매출로 이어진다. 그러기에 잘 갖춰진 시스템은 사업에 꼭 필요한 요소이며 보이지 않는 자산인 것이다. 보이는 자산에만 투자할 것이 아닌 보이지 않는 자산인 시스템에도 투자를 지속적으로 해야 된다.

급여책정을◆
적게도 많게도 해선 안 된다

시장경제의 원리 중에 수요가 많아지면 공급이 많아지는 기본원리가 있다. 수요가 많은데 공급이 적으면 비용이 오르고 수요가 적은데 공급이 많으면 비용이 내려가게 되어 있다. 풀어 얘기하면 물건을 사려는 사람이 많은데 물건이 적으면 가격이 오르고, 사려는 사람은 적은데 물건이 많으면 판매 경쟁이 붙어 가격이 떨어지는 것이다.

구인구직을 할 때에도 시장경제원리가 적용된다. 일하고자 하는 사람은 많은데 일자리가 적으면 회사 입장에서는 구직자에게 급여를 적게 제시하고, 반대로 일하고자 하는 사람은 적은데 일자리가 많으면 회사 입장에서는 구직자에게 많은 급여를 제시해야 한다.
물론 구직자가 많은 경우 이를 악용해 급여를 적게 지급해도 된다는 말은 아니다. 사회통념상 형성된 합리적인 노동에 대가를 지불해야 하는 것은 당연한 것이다. 구직자가 많다고 해서 급여를 줄이는 것은 절대로 있어서는 안 되는 일이다. 이는 너무나 당연한 일이기 때문에 더 이상 언급하지 않겠다. 여기서는 구직자가 적어 어쩔 수 없이 급여를 높게 책정하는 경우를 말하려 한다.

우리 같은 중소기업들은 채용을 위해 구인구직 사이트에 구인정보를 올린다. 이때 구직자들은 우리의 구인정보를 보고 이력서를 제출하게 되는데 대기업이 아니다 보니 입사지원을 망설이는 것이 사실이다. 이름만 대면 알 수 있는 대기업들은 많은 입사지원자로 인해 선택의 폭이 넓겠지만 우리와 같이 작은 기업에서는 직원채용이 어렵고 선택폭 역시 좁다. 그러기에 구직자에게 어필이 될 수 있는 부분을 적극 부각하는데 이때 가장 많이 부각시키는 것이 급여다.

시장에서는 통상적인 급여가 자연스럽게 형성되어 있다. 이 급여보다 약간 더 높여서 구인공고를 내면 그나마 입사지원자가 늘어난다. 그런데 이때 주의해야 할 사항이 있는데 급여를 너무 높게 측정하면 안 된다. 통상적인 급여의 110% 수준으로 올리면 양호한 금액이다. 예를 들어 200만원을 받는데 220만원 정도 측정이 되었다면 나쁘지 않은 조건이다. 그런데 구인이 잘 되지 않아 마음이 조급해져 30%~50% 정도 더 책정하는 경우가 있다. 너무 많이 책정하게 되는 경우 구직자 입장에서 부담을 가지게 된다.

"너무 일이 힘들진 않을까?", "업무 외 다른 문제가 있지는 않은가?"라는 막연한 두려움이 생길 수 있기 때문에 무조건적으로 높게 책정하는 것은 지양해야 한다. 어찌 어찌하여 구인을 해도 고액연봉 때문에 문제가 발생한다.

실제로 내가 예전에 다니던 회사의 일이다. 그때 당시 홈페이지 내에 플래시 영역이 증가하므로 플래시액션스크립터가 꼭 필요한 적이 있었다. 그러나 액션스크립터 인력이 많지 않은 까닭에 직원채용은 하늘에 별 따기였다. 그때 당시 액션스크립터에게 파격적인 급여, 다시 말해 회사 내 평균임금의 2배에 가까운 급여를 책정했다. 업무 분야가 다르니 그럴 수도 있다고 생각했지만 한편으론 너무 과하게 책정하지 않았나 하는 생각을 떨칠 수는 없었다. 어쨌든 과하게 책정해서 액션스크립터를 채용했다.

처음에는 문제가 없었다. 지급하기로 한 비용에 대한 부담 없이 사장은 지급했다. 그러나 사장입장에서 고액의 급여가 지속적으로 지출되다 보니 큰 부담으로 다가오기 시작했다. 결과론적인 얘기지만 1년 정도 지나 사업규모가 대폭 축소되었다. 다른 여러 가지 이유 때문에 축소되긴 했지만 고액급여로 인한 부분을 무시할 순 없었다. 이뿐만이 아니었다. 회사분위기 또한 좋지 않은 방향으로 흐르기 시작했다. 연봉은 비공개이고 누설 시 그에 따른 책임을 져야 한다. 그런데 본인이 누설하지 않더라도 시간이 지나면 자연스럽게 알게 되는 경우가 많다.

그때 당시 너무 어이없게 누설이 되었는데 사장이 실수로 누설을 하게 되었다. 직원들에게 배포한 프린트물 중 이면지가 포함되어 있었는데 그 이면지 중에 급여명세서가 포함되어 있었던 것이다. 그로 인해 의도했건 의도하지 않았건 모든 직원들의 급여상황을, 모든 직원이 파악하게 되었다.

이때부턴 문제는 심각해졌는데, 급여를 적게 받는 직원들 쪽에서 반목이 생기게 되었다. 그전에도 회사 내에서 보이지 않게 연봉에 따른 그룹이 형성되었는데 이 사건 이후 표면적으로 문제가 드러나기 시작했다. 이때 고액연봉자들이 넓은 마음으로 주위를 둘러보았다면 좋았겠지만 자신들은 고액연봉자이며 능력이 있다는 교만함에 자신들만의 리그를 더욱 굳건하게 만들었다.

그로 인해 저액연봉자들은 부당한 대우라 판단해서 퇴사를 하게 되었고 인사관리에 따른 지속적인 피로 누적으로 인해 회사의 규모는 자연스럽게 축소되었다. 그러다 보니 고액연봉 자들은 자신들이 다니고 싶어도 회사 규모가 축소되어 이직을 할 수밖에 없는 상황이 되었다. 내가 다니던 옛 회사의 재정적인 부담과 반목에 대한 특정사례만 언급했지만 기준보다 너무 많은 연봉은 수많은 문제를 일으킬 수 있다는 것을 명심해야 한다.

정리하자면 급여는 합리적으로 책정하는 것은 중요하다. 적게도 안되고 많게도 안 된다. 적게 책정하는 것은 두말할 것 없이 안 되는 것이고, 너무 많이 책정하는 것 역시 신중하게 해야 한다. 합리적인 인상은 약이 되지만 너무 급격한 인상은 약보다 독이 될 수 있다는 것을 알아야 한다.

◆복지 비용을 아끼지 마라

복지에 대한 지원은 아끼지 말아야 한다. 복지에는 크게 의무적인 복지와 선택적인 복지로 나눌 수 있다. 의무적인 복지는 의무적으로 해야만 하는 복지로, 예를 들어 4대 보험, 정기휴가, 휴일, 퇴직금 등과 같이 노동자라면 당연하게 누려야 하는 권리와 같은 복지를 말한다. 선택적인 복지는 의무적인 사항은 아니지만 직원들의 편의를 위해 선택적으로 해주는 복지이다.

예를 들어 중식제공, 업무중간 브레이크타임, 급여에 포함되어 있지 않은 상여금 등 여러 가지가 있을 수 있다. 의무적인 복지는 두말할 것 없이 당연하게 제공해줘야 하는 것이며 선택적 복지는 가능하다면 최대한 제공해줘야 한다.

좋지 않은 예로 4대 보험 비용을 가지고 협상하는 경우가 있다. 4대 보험은 직원이 50%부담하고 회사가 50% 부담한다. 직원이 부담하는 50%의 4대 보험비용은 대부분 급여의 10% 정도를 차지한다. 예를 들어 200만 원 월급을 받는다면 실 수령액은 20만원을 제한 180만원 정도 된다. 회사입장에서는 직원급여 200만원과 회사에서 부담하는 20만원(회사에서 지급하는 50% 4대 보험료) 총 220만원이 지급하게 된다. 그러다 보니 회사에서 20만원을 아끼기 위해 직원에게 실 수령액이 180만원인데 200을 줄 테니 4대 보험을 가입하지 말자고 협상하는 경우가 있다. 이때 직원입장에서 월급을 20만원 더 받을 수 있기 때문에 제안을 받아들이는 경우가 있다. 그러나 이러한 제안은 해서도 받아들여서도 안 되는 협상이다. 제안하는 입장에서는 도덕적인 문제가 있고 받아들이는 입장에서는 당연히 누려야 할 권리를 포기하는 것이기 때문에 어느 누구에게도 득이 될 것이 없다.

당연히 누릴 수 있는 권리, 업무상 다친 곳은 보상을 받는 것, 회사에서 쉽게 해고할 수 없는 것, 급여를 받지 못한 경우 노동부에 신고하여 받을 수 있는 것, 퇴사 이후 실업급여를 받는 것 등 여러 가지 누릴 수 있는 권리가 있는데 이 모든 것들을 스스로 포기하는 것이다. 그러기에 기본적으로 받아야 하는 복지는 꼭 받아야 하고 회사 입장에서는 꼭 제공해 줘야 하는 것이다. 의무적인 복지는 협상의 대상이 아닌 의무의 대상이다. 의무적인 복지는 줄이거나 늘릴 수 있는 대상이 아니다.

"복지 비용을 아끼지 말라" 는 말은 의무 복지가 아닌 선택복지에 해당하는 말이다. 예를 들어 급여 외 보너스, 자기개발비, 간식비, 회식비, 회사 내의 편의시설 및 사무용품 등에 대한 복지를 아끼지 말라는 말이다. 회사 입장에서 부담이 안가는 선에서 직원 복지에 투자하는 것은 바람직하다. 돈을 벌어 자신의 주머니만 채우는 것이 아닌 환원도 필요한데 같이 일하는 자기 식구에게 가장 먼저 환원해주는 것은 너무나 당연하고 바람직한 일이다.

그런데 복지를 해주고도 욕먹는 경우도 있다. 직원에게 투자한 부분을 직원들이 모를 까봐 하나하나 언급하고 생색내는 경우이다 이 방법은 절대 좋은 방법이 아니다.

우선은 직원들이 알아주기 원해서 복지를 해주는 것은 아니고, 바로는 몰라준다 해도 시간이 문제이지 언젠가는 알기 때문이다. 자신의 친구들을 만나 회사 얘기를 할 때 자연스럽게 복지 얘기가 나오고 당연히 받는 걸로 알았는데 알고 보니 회사에서 제공하는 편의라는 것을 알게 되면 더욱 큰 애사심이 생기게 된다.

그러나 생색을 내면 역효과만 커진다. "별로 해주는 것도 없으면서 무지하게 생색내내"라고 직원이 생각한다면 이는 더 이상 복지의 의미가 없다. 그러기에 생색내는 행동은 욕먹는 일이기 때문에 절대 해서는 안 된다.

6장 수입은 늘리고 지출은 현명하게 하라

회사의 매출은 대표가 올리는 것이 아닌 직원들이 돈을 벌게 해준다. 매출을 올리는 주체는 직원인 것이다. 그러기에 직원들이 업무에 임하는 자세는 아주 중요하다. 일요일 저녁 다음날 출근을 걱정하는 회사가 아닌 출근을 기대하는 회사가 되어야 한다. 일을 하고 싶은 회사, 업무가 즐거운 회사가 될 때 직원들은 열심히 일을 하게 되고 자연스럽게 매출로 이어지게 된다.

물론 회사복지가 좋다고 해서 일하고 싶은 회사가 되는 것은 아니다. 그러나 복지가 나쁜 회사는 일하고 싶은 회사가 될 수 없는 것은 사실이다. 복지는 사업하는 사람이 얼마든지 자신의 노력과 비용투자로 개선할 수 있는 부분이다. 그러기에 직원 입장에서 복지에 대한 투자를 아끼지 않는다면 좋은 대표, 좋은 회사, 일하고 싶은 회사, 직원 충성도가 높은 회사가 될 것이다.

업무 외 수당은 꼭 지급하라 ◆

일을 한 후 그에 따른 합당한 대가를 받는 것은 당연한 것이다. 거래처에서 요청한 작업을 해주고 그에 따른 비용을 받는 것은 너무나 당연한 일인 것처럼 직원이 회사에서 일을 하고 그에 따른 급여를 받는 것은 당연한 것이다. 그러나 합당하지 않은 대가를 받거나 받지 못하는 경우가 허다하다. 요즘은 최저임금이나 특별수당에 대한 인지가 있어 그나마 부당한 상황들이 많이 줄긴 했지만 그래도 일어나는 것은 사실이다.

내가 처음 신입으로 인터넷 교육서비스를 제공하는 업체에 입사했을 때이다. 처음 신입시절 모든 것이 낯설고 신기했었다. 그때 가장 신기했던 것은 나를 받아주는 곳이 있구나, 나를 필요로 하는 곳이 있구나, 지금까지는 학생이었는데 이젠 어엿한 사회인이구나 라는 생각을 하며 마냥 신기하기만 했다.

물론 그전에도 알바를 해보며 돈을 벌긴 했지만 알바 때와는 다른 사회에서 인정받고 어른이 되었다는 느낌을 받았다고나 할까. 그러다 보니 급여에는 신경이 쓰이지 않았다. 이후 6개월이 지나서야 내가 받는 급여가 적다는 사실을 인지하게 되었다. 일주일에 3일 정도는 야근을 하고 휴일에도 출근을 해서 일을 한 적도 있었다. 그런데 야근이고 특근이고 상관없이 월급통장에 입금되는 비용은 110만원 항상 동일했다. 야근수당 특근수당 이런 것은 전혀 없었다. 평일 저녁 7시 퇴근(9시간근무) 토요일 3시 퇴근(5시간근무) 에도 불구하고 위와 같은 대우를 받았던 것이다.

그런데 재미있는 사실은 내가 위와 같은 조건이 부당하다고 생각하지 않았다는 것이다. 오히려 야근할 때 식비를 제공하는 것에 고맙게 생각했다. 내가 사먹는 음식인데 회사에서 청구하면 돈을 준다고 생각했던 것이다. 개인적으로 나의 일을 누군가에게 말하는 스타일은 아니어서 위와 같은 일들을 주위 사람들에게 말을 하지 않았다. 그런데 시간이 지나 주위 사람들이 자연스럽게 알게 되자 내가 부당한 대우를 받고 있다는 사실을 알려주었다. 요즘은 근로계약서라든지 노동자가 보장받아야 하는 권리들을 너무 잘 알고 있기 때문에 위와 같은 일은 상상도 할 수 없을 것이다.

직원들이 잘 모른다 해서 회사 입장에서 이를 악이용하면 절대 안 된다. 특히 회사를 운영하는 입장에서는 노블레스 오블리주 마인드를 가져야 한다. 자신이 타인보다 조금 높은 위치에 있다고 판단하는 사람은 타인보다 조금 더 높은 도덕성을 가져야 하는 것이다. 그러기에 직원이 모른다 해서 악이용하는 것이 아닌 모르는 부분을 더 챙겨줘야 하는 것이다.

직원과 서로 합의하에 야근, 특근 관련 수당을 지급하지 않는 경우도 있다. 사업을 막 시작하는 경우 이와 같은 현상이 두드러지게 나타나는데, 회사가 잘되면 창업멤버에 확실히 챙겨주겠다며 조금만 더 고생하자는 식으로 협상을 하는 경우이다.
물론 회사가 잘 돼 창업멤버들 같이 고생한 멤버들을 챙겨주는 것은 바람직한 일이다. 그런데 이때 같이 고생을 했다는 의미는 회사에서 내일처럼 열심히 일을 했다는 의미이지 야근, 특근을 하면서 업무 외 추가비용을 받지 않는다는 의미가 아니다. 나중에 회사가 잘되면 보상을 해줄수 있겠지만 잘되지 않아 폐업할 때 지금까지의 받지 못했던 업무 외 수당을 한꺼번에 지급하고 폐업하겠는가? 절대 아니다. 폐업하면서 직원들에게 미안하다는 말 정도만 하고 마무릴 할 것이다. 지급해야 되는 부분을 지불하지 않으면서 희생을 요구하는 것은 이치에 맞지 않다.

업무 외 시간은 개인시간이다. 누구에게도 터치를 받지 않고 자유롭게 보낼 수 있는 시간이다. 일을 해서 돈을 버는 이유는 개인시간에 들어가는 돈을 충당하기 위해서이다.

물론 사회기여를 위해 개인의 성취를 위해 일을 하는 경우도 있겠지만 대부분은 자신의 삶에 필요한 돈을 위해 일을 하는 것이다. 그럼 단순하게 생각해서 시간의 중요성을 따져 보면 업무 시간과 개인 시간 중 크기가 더 큰 것은 개인시간이다. 개인시간을 보내기 위해 업무시간을 투자하는 것이기 때문이다. 그렇다면 직원의 개인시간에 일을 시키려면 업무시간보다 더 많은 비용을 지불하는 것이 당연한 것이다.

　나의 시간이 소중한 것처럼 다른 사람의 시간도 소중하다는 올바른 인식이 필요하다. 직원의 시간이 소중하다라는 것을 인식하는 대표라면 업무 외 수당은 정확하게 계산해서 그 이상을 지급할지언정 그 이하를 지급하는 일은 절대 없을 것이다.

07

◆외부 지출을 줄여 내부 직원에게 돌려 줘라

회사 내에 지출되는 모든 소비는 최대한 줄여야 한다. 고정적으로 지출되는 비용 불필요하게 지출되는 모든 비용은 줄여야 한다. 이렇게 줄이게 된다면 자연스럽게 줄인 만큼 수입이 늘어나게 된다.

그렇다면 올린 수입은 어떻게 해야 하는가? 내 주머니만 채워지고 나만 잘 먹고 잘살면 되는 것인가? 그건 아니다. 다같이 잘 먹고 다 같이 부자가 되어야지, 한 사람만 배불러서 되겠는가?

그래서 지출을 줄여 얻은 수입은 직원들에게 재투자 하는 것이 바람직하다. 물론 지출을 줄여서 얻은 수입뿐 아니라 회사에서 얻는 다른 수입에서도 직원들에게 재투자하는 것이 바람직하다. 허나 한꺼번에 여러 부분에서 수입을 재분배하면 큰 부담이 되어 실천하기 어렵다. 하지만 지출내역 중 아낀 부분을 다시 재투자하는 것은 큰 부담 없이 실천할 수 있다. 왜냐하면 지출을 아낀 부분은 어차피 아끼지 않았으면 지출되는 부분이기 때문에 재투자한다 해도 크게 부담이 되지 않기 때문이다. 이처럼 아낀 부분부터 하나씩 직원들에게 복지로 되돌려주는 것이 아주 바람직하다. 시스템을 잘 구축하여 시간을 단축하였다면 그 시간도 직원들에게 돌려줄 필요가 있다. 시스템적으로 확보한 모든 시간을 다시금 직원에게 노동을 시킨다면 직원입장에서 시스템 개선에 대한 혜택을 전혀 받지 못하는 것이다. 오히려 직원입장에서 볼 때에 노동의 시간은 같으나 업무의 양이 많아지므로 시스템개선이 독이 된다. 그러기에 시스템적으로 확보된 시간을 브레이크타임 등으로 직원들에게 돌려주는 것이 좋다. 휴식은 낭비가 아닌 투자라는 걸 인지한다면 브레이크타임 실천은 어려운 일이 아니다. 이처럼 회사에서 얻는 수입이나 시간 등은 대표가 독식하지 말고 직원들과 같이 나누는 것이 좋다.

대표 중에 막연한 기준을 정하는 경우가 있다.

"회사가 잘되면 보너스를 지급하도록 할게요", "회사가 잘되면 유가휴직, 유급휴직 등을 지원할게요", "조금만 고생하면 궤도에 오를 수 있을 듯해요. 조금만 더 힘내요. 궤도에 오르면 충분하게 보상해줄게요" 라는 식의 모호한 기준을 세우는 경우가 있다.

잘되면, 궤도에 오르면 이처럼 막연한 표현이 어디 있나? 물론 이런 말도 하지 않는 대표도 존재한다. 직원들은 무조건 회사를 위해 일을 해야 하는 일개미와 같은 존재로 인식하고 직원에게 지급하는 것은 국가에서 지정해놓은 수준만 지급하고 그것도 이리저리 피해가며 적게 주는 방법을 모색하는 대표도 분명 존재한다.

그러나 이런 대표나 막연한 복지를 약속하는 대표나 별반 다르지 않다. 오히려 막연한 복지 약속은 직원들을 기만할 수 있기 때문에 더 나쁠 수 있다. 회사가 잘되면, 궤도에 오르면 어느 선이 잘되는 것이며 어느 정도가 궤도에 오르는 것인가?

직원 입장에선 회사가 잘되고 있다고 판단하는데 대표는 "조금만 더"하고 있을 수 있다. 이처럼 기준이 다르기 때문에 명확한 수치를 제시 하는 것이 직원들 동기부여에도 좋다. "월 매출 000만원 올리면 얼마의 00만원의 보너스를 지급해주겠습니다"라던지 "월 평균 잔업일수가 00일이면 직원을 0명 충원해 과중한 업무를 줄이겠습니다"라던지 구체적인 로드맵이 필요하다. 해당 로드맵이 있어야 구호로 그칠 수 있는 사항들이 실현될 수 있다.

　　　　　6장 수입은 늘리고 지출은 현명하게 하라

이처럼 수입의 특정부분은 직원에게 복지로 돌려주는 것이 바람직하다. 조금만 더 조금만 더 하며 사업을 하다가는 만족을 할 수가 없다. 지금 현재의 상황에 자족할 줄 알아야 하는 것이다.

자신이 가져가는 수입이 직장생활 할 때 월급 이상이 된다면 이때부터 복지에 신경 써도 되지 않겠는가? 돈이 많다고 해서 하루 6끼 먹는 것도 아니다. 끼니 때마다 좋은 음식 비싼 음식을 먹을 수는 있겠지만 돈이 많다 해서 6끼 10끼 먹는 것이 아니다.

이 말은 사람에게는 필요한 양이 있다는 것이다. 그 이상으로 욕심을 부리면 탈이 나는 법이다. 어차피 탈이 날 거라면 자신만 취하지 말고 주위사람을 같이 챙기는 것이 현명하지 않겠는가?.

7장

홍보, 어떻게 할 것인가?

*홈페이지의 필요성

사업의 있어서 제품을 만들 수 있는 기술력 그 이상으로 중요하다고 할 수 있는 부분이 마케팅 부분이다. 아무리 잘 만들고 훌륭한 제품이 있다 해도 소비자가 제품의 존재 자체를 모르면 아무 의미가 없다.

제품이 다양하지 않던 시절에는 소비자가 자신이 원하는 제품을 스스로 찾았다. 찾는다 해도 못 찾는 경우가 많았고 어렵게 찾는다 해도 제품의 질을 보고 구매하는 것이 아닌 존재 자체만으로 구매하는 시절이 있었다.

그러나 지금은 그렇지 않다. 너무나 많고 좋은 제품이 쏟아져 나오다 보니 치열한 경쟁으로 홍보를 제대로 하지 않으면 아무리 훌륭한 제품이라도 소비자에게 선택 받지 못하게 되었다. 오히려 제품의 질이 좀 낮아도 마케팅을 잘해서 우수한 다른 제품보다 더 많이 판매되는 경우도 있다.

이처럼 변화하는 시대의 흐름 속에서 마케팅을 보조적인 수단으로만 볼 수 있겠는가? 훌륭한 제품은 만드는 것만큼 그 제품의 장점을 홍보하는 것 역시 중요하다.

홍보라는 것은 해당 상품은 많이 노출하는 것이 기본이다. 많이 노출되는 만큼 많은 사람들에게 알릴 수 있기 때문이다. 그렇다면 효과적인 매체는 무엇이 있겠는가? 자금이 넘쳐나 텔레비전 광고, 라디오 광고 등을 활용하면 좋겠지만 비용에 대한 부담이 너무 커 상상조차 하지 못하는 것이 현실이다. 그렇다면 자신의 상품을 적은 비용으로 효과적으로 노출하는 방법이 무엇이 있겠는가?

그건 바로 인터넷 매체를 활용하는 것이다. 사실 인터넷처럼 가성비가 좋은 것도 없다. 특히 홈페이지는 크게 돈을 들이지 않고 제품뿐 아니라 회사에 대한 정보를 소비자에게 효과적으로 전달할 수 있다.

"요즘 홈페이지를 누가 만드나"라고 말할 수 있다. 틀린 말은 아니다. 급변하는 시대에 홈페이지는 사라질지도 모른다. 그러나 홈페이지가 사라질 지라도 홈페이지가 하던 역할은 이름만 바뀔 뿐 서비스는 계속될 것이다. 왜냐하면 판매자 입장에서 자신의 회사나 상품의 정보는 어떠한 형태로든 제공해줘야 하기 때문이다.

광고는 "이러한 제품이 있습니다"라고 소비자에게 소개하는 것이라면 홈페이지는 "이 제품은 이런 것입니다"라는 제품을 설명하는 것이다. 그러기 때문에 홈페이지는 종착점과 같은 것이다. "이러한 제품이 있으니 여기 와서 확인해보세요"라는 것이다.

그렇다면 제품을 설명하기 위해서는 홈페이지여야만 하는가?

꼭 그렇지만은 않다. 블로그, 페이스북, 트위터, 유튜브 등과 같이 제품을 소개할 수 있는 채널들이 얼마든지 있다. 그러나 이러한 서비스들의 장단점은 잘 인지하고 자신의 사업에 맞는 서비스를 선택하는 것이 무엇보다 중요하다.

홈페이지의 장점으로는 대외적으로 보여주기가 좋다는 것이다. 잘 꾸민 홈페이지는 거래처에게 회사를 소개하거나 제품을 소개할 때 효과적이며 소비자들에게는 회사에 대한 긍정적인 신뢰를 줄 수 있다.

단점으로는 특별하게 광고를 하지 않는 이상 홈페이지가 노출되기가 어렵다. 광고를 하던지 이벤트를 해서 홈페이지를 알리는 수밖에 없는 것이다. 물론 웹문서 검색을 통해 알릴 수 있지만 그것도 어느 정도 한계가 있다

블로그, 페이스북, 트위터, 유튜브 등의 장점은 노출이 쉽다는 것이다. 이 서비스들은 큰 업체가 이미 확보해 시스템 안에서 자신의 회사와 제품을 소개하기 때문에 시스템을 잘 이해하고 활용한다면 홈페이지로는 상상할 수 없는 노출이 가능하다.

7장 홍보, 어떻게 할 것인가?

분명하게 단점도 있다. 대기업의 시스템을 일부를 종속되어 사용하기 때문에 자신의 의지가 아닌 대기업의 정책에 의해 자신의 서비스가 영향을 받는다는 것이다. 또한 종속되다 보니 홈페이지처럼 자신이 원하는 기능을 추가하거나 변경하는 것이 불가능하다. 오로지 업체 쪽에서 제공하는 서비스 내에서만 활용할 수 있다는 단점이 있다.

인터넷 상에서 어떠한 형태로 광고를 하던지 제품에 대한 설명을 하는 최종 목적지는 필요하다. 그 목적지를 어떠한 형태로 만들지는 사업을 하는 사람의 선택에 달려있다. 홈페이지를 사용할 것인지 아니면 이미 만들어진 블로그, 페이스북, 트위터, 유튜브 등과 같은 채널을 사용할 것인지?

인적, 물적 여유가 있다면 모두 다 선택해 노출하는 것이 좋다. 양쪽의 단점들을 양쪽의 장점에서 보완해줄 수 있기 때문이다.

그러나 이거 하나는 꼭 기억해야 한다. 어떠한 것을 선택하든 한번 만들어놓으면 끝이 아니라는 것이다. 만들고 나서 관리와 업데이트를 꾸준히 해야만 한다. 블로그, 페이스북, 트위터, 유튜브 등과 같은 업체에서는 꾸준하게 관리하고 업데이트되는 채널을 상위에 노출시켜준다. 독립적인 홈페이지도 마찬가지다. 웹문서라는 서비스를 통해 포털 사이트에 노출되는데 이때도 홈페이지의 내용이 수시로 업데이트되고 관리될 때 포털 웹문서 상위에 노출된다. 그러기에 꾸준한 관리와 업데이트는 필수적이다

홍보하기 위해서는 많은 비용이 들기 마련이다. 그러나 홈페이지를 통한 홍보는 가성비가 뛰어나기 때문에 사업을 하는 입장에서는 고려해볼 만한 가치가 있다.

포털사이트 등록 ◆

내게 필요한 서비스를 나는 어떤 경로를 통해 찾는가? 라는 것을 생각해보면 소비자들이 어떠한 경로를 통해 서비스를 공급 받는지 쉽게 알 수가 있다. 왜냐하면 나 역시 소비자이기 때문이다. 길목을 잘 파악해서 그 길목에서 기다린다면 소비자를 만날 수 있지 않겠는가?

그렇다면 나는 어떠한 방법으로 서비스를 찾는가?

나는 필요한 서비스가 있으면 네이버, 다음, 구글 등과 같은 포털 사이트 검색을 통해 내가 원하는 서비스를 찾는다.

예를 들어 홈페이지 제작업체를 찾는다 하면 네이버에 들어가 상단 검색창에 "홈페이지 제작업체"라고 검색을 한다. 그럼 키워드광고, 지도, 웹사이트(웹문서) 영역 등에 굉장히 많은 업체들이 나타난다. 그 중에 맘에 드는 업체를 선택하여 서비스를 제공받는다.

이처럼 소비자들 대부분은 포털을 통해 자신이 찾고자 하는 서비스를 공급받는다. 이는 특별하거나 새로운 사실이 아니다. 이미 너무나 익숙하게 사용하는 패턴이다.

그렇다면 다음 고민은 "나의 제품을 포털사이트에 어떻게 등록할 것인가?"이다. 뒤에서 비용이 들어가는 키워드광고에 대해 알아보겠지만 여기에서는 비용이 들지 않는 웹사이트 등록에 대해 알아보려고 한다.

2018년 기준으로 작성되었으면 포털 사이트는 네이버, 다음, 구글에 관해서만 언급 하려 한다. 이유는 포털마다 정책이 바뀌기는 하나 큰 맥에서 보면 등록하고 설정하는 부분이 대부분 비슷하기 때문에 관리하는 부분에서는 큰 무리가 없기 때문이다.

기본 적으로 포털사이트도 하나의 홈페이지이다. 포털사이트라는 홈페이지를 만들어놓고 검색기능, 메일기능, 블로그기능 등 다양한 기능을 서비스하는 홈페이지다. 그러기에 내가 만든 독립적인 홈페이지를 포털 사이트라는 홈페이지에 노출하고자 한다면 나의 홈페이지 정보를 포털에 등록해야 된다. 그렇게 되면 포털 DB에 나의 사이트 정보가 저장되어 검색 시 사이트 영역에 노출되는 것이다. 이는 기본적인 원리이다. 포털마다 웹사이트 등록하는 서비스를 각각 다른 이름으로 서비스하는데 네이버는 "웹마스터도구", 다음은 "Daum 검색등록", 구글은 "Search Console" 이라는 다른 명칭 비슷한 서비스를 제공한다.

웹사이트 등록에 가장 큰 단점은 관리에 있다. 내가 홈페이지를 개설한 이후 포털에 사이트를 등록하면 포털에서는 검수를 통해 사이트노출을 시켜준다. 그런데 시간이 흘러 홈페이지 리뉴얼을 하는 경우 처음 포털에 등록했던 정보를 변경해야만 새로운 내용이 적용된다는 불편함이 있다. 자주 사용하는 메뉴가 아니다 보니 포털에 다시 들어가 변경하려 하면 여간 어려운 일이 아니다. 그래서 포털에서는 고객이 한번 사이트를 등록하면 이후에 사이트 정보가 변경되거나 내용이 바뀔 때마다 자동으로 적용될 수 있는 시스템을 개발해서 제공하고 있다. 구글은 이미 오래 전부터 그러한 서비스를 시작했고 네이버 역시 2014년 이후부터 제공하고 있다. 그러나 다음은 아직 사이트 정보 변경 시 수동으로 변경하는 "사이트 등록" 형식을 유지하고 있는 상황이다. 내가 알 순 없지만 다음이 해당 시스템을 유지하는 것은 합당한 이유가 있을 거라 생각한다.

어찌했던지 포털에 노출되는 정보를 서비스되고 있는 사이트의 정보를 자동으로 반영하는 것은 옳은 방향이라고 생각한다.

포털에서 자동으로 홈페이지의 내용을 가져간다는 것은 정말 대단한 기술이다. 이런 대단한 기술을 적용할 수 있게 한 것은 바로 웹표준 기술 때문이다. 이제 웹표준은 더 이상 선택이 아닌 필수가 되었다. 그러기에 홈페이지를 제작할 때 웹표준을 준수하여 작업하는 것이 당연하고 매우 중요한 일인 것이다. 갈라파고스의 홈페이지를 원한다면 웹표준을 무시한 홈페이지여도 상관 없겠지만 글로벌한 홈페이지를 원한다면 웹표준은 꼭 지켜줘야 한다.

네이버와 구글의 웹마스터 도구 사용법은 유사하다. 등록을 하고자 하는 경우 "네이버 웹마스터 도구", "구글 웹마스터 도구"라고 검색한 후 사이트에 방문해 등록하면 된다.

등록 시 사이트의 소유자가 맞는지 간단한 인증을 거치고 정보 몇 가지만 입력하면 끝이 난다. 네이버 기준 현황 > 사이트 최적화 라는 메뉴를 통해 사이트 최적화 상태를 확인해볼 수 있다. 당연한 말이겠지만 검색 시 사이트영역 상위에 노출되기 위해서는 사이트최적화 메뉴에서 최적화로 되어있어야 한다. 그러기에 사이트 등록하고 끝내는 것이 아닌 최적화를 맞춰주는 작업을 해야 하는데 사이트 최적화 작업은 네이버에서 하는 것이 아닌 자신의 홈페이지를 웹표준에 맞게 최적화 작업을 하면 되는 것이다

다음에서는 사이트 등록이 좀 다르다 "다음 사이트 등록"이라고 검색을 한 이후 사이트에 방문해 해당 홈페이지 정보를 입력하면 된다. 다음은 네이버와 다른 시스템이다 보니 좀더 많은 정보를 입력한다. 내가 운영하는 홈페이지의 정보를 가져가는 것이 아니고 입력한 내용이 노출되는 것이기 때문에 등록 시 신중하게 입력해야 한다.

모든 포털에 전부 등록하면 좋겠지만 네이버, 다음, 구글 정도만 등록해도 충분하다. 귀찮다고 등록할 줄 모른다고 사이트를 등록하지 않는 것은 집을 지어놓고 문을 만들어 놓지 않는 것과 같다. 만들었으면 입구를 만드는 것은 당연한 것이 아닌가?

　업종과 검색어에 따라 다르겠지만 우리가 관리하고 있는 업체 중 하나는 광고영역 부분이 아닌 사이트영역 부분 상위에 노출하기 위해 매달 100만원 이상의 비용을 광고대행 업체에 지불하는 업체도 있다. 비용을 지출하며 관리하는 이유가 무엇이겠는가? 해당 사이트영역을 통

해 유입되는 고객들의 수가 지출되는 비용 그 이상의 가치를 하기 때문이다. 물론 모든 업체가 그런 건 아니지만 사이트 등록의 중요성을 무시해서는 안 된다. 사이트 등록이 힘들다면 대행업체를 끼고라도 사이트 등록을 해야 한다. 관리가 아닌 단순한 등록은 밥 한끼 정도의 비용으로 충분히 등록할 수 있기 때문에 꼭 등록하길 바란다.

블로그 활용하기

한때 블로그가 붐일 때가 있었다. *"파워블로거가 되면 광고비로 일반 월급보다 더 많은 돈을 벌 수 있다"*고 해서 많은 사람들이 블로그를 개설하고 파워블로거를 꿈꾸었다. *"내가 알게 되었을 땐 이미 늦었다"*라는 말이 있던가? 붐이 불었을 때는 이미 많은 사람들이 시도하기 때문에 경쟁해서 살아남기가 힘들다.

처음에 블로그는 광고의 공간이 아니었다. 내가 맛있게 먹은 저녁식사를 올리고 내가 떠난 여행지의 사진을 올리며 나의 생각들을 인터넷상에 올려 공유하는 공간이었다.

그런데 이게 광고로 활용되기 시작한 것은 내가 맛있게 먹은 저녁식사를 다른 사람이 먹고 싶어하고 내가 갔던 여행지를 다른 사람이 가고 싶어하면서 블로그는 마케팅영역으로 확대된 것이다. 그로 인해 전문적으로 블로그를 관리하는 파워블로거들이 생기게 되었고 마케팅 업체들도 많이 뛰어들게 되었다.

블로그를 활용하라고 해서 파워블로거나 마케팅 업체들처럼 활용 하라는 말은 아니다. 사실 파워블로거 말이 쉽지, 되기 위해서는 많은 시간과 노력이 필요하기 때문에 너무 어렵다. 파워블로거 수준까지의 블로그 관리를 말하려는 것은 아니다. 업무에 지장을 주지 않는 정도 하루 20~30분 정도의 투자해 자신의 제품을 블로그에 게재하고 관리하라는 것이다.

간혹 홈페이지가 있는 경우 "비싼 돈을 들여 제작했는데 홈페이지를 활용해야지, 블로그를 왜 활용해 블로그는 홈페이지가 없는 사람이나 활용하는 거야"라는 생각하는 경우가 있다.

사실 틀린 말은 아니지만 옳은 말도 아니다. 왜냐하면 사용목적이 다르기 때문에 홈페이지는 홈페이지, 블로그는 블로그 따로 생각하고 관리해야 하는 것이다.

우리 거래처 중 자동차 튜닝 업체인 D사가 블로그 운영에 잘한다. 우리에게 홈페이제 제작의뢰 하기 전부터 D사는 블로그를 운영하고 있었다. 자신이 튜닝한 자동차 사진을 찍어 전화번호와 함께 블로그에 올린 것이다. 그렇게 지속하자 블로그를 통해 문의가 들어오고 그로 인해 사업이 조금씩 안정화되어 "홈페이지 하나 정도 만들어야겠다"라는 생각에 우리 업체에 문의하여 홈페이지를 제작한 것이다. 사실 홈페이지와 블로그를 동시에 관리하기란 쉽지 않은 일이다. 튜닝한 사진을 홈페이지와 블로그에 각각 2번 올린다는 것 생각처럼 쉽지만은 않다. 그래서 한쪽이 소홀해 지게 되는데 이는 D사도 예외는 아니었다. 이런 선택에 상황에서 D사가 선택한 것은 홈페이지가 아닌 블로그였다. 홈페이지는 어느 정도 자료를 등록한 상태였기 때문에 관리를 하지 않아도 크게 표가 나지 않는 다는 판단 하에 블로그에 더욱더 집중하기로 한 것이다.

그런데 왜 D사는 홈페이지가 아닌 블로그를 선택한 것일까?

D사가 판단하기에 홍보면에 있어 블로그가 효과 적이라는 결론을 내렸기 때문이다. 사실 홈페이지를 통한 문의보다 블로그를 통한 문의가 더 많았기 때문에 위와 같은 결정을 내린 것이다.

홈페이지는 이벤트나 키워드 광고와 같은 비용이 지출되는 홍보에 활용하고 무료 홍보 채널로는 블로그를 활용한 것이다.

이처럼 D업체는 블로그와 홈페이지를 특성에 맞게 각각 다른 방법으로 활용한 것이다.

무료 홍보에 있어 블로그는 막강한 힘을 가지고 있다.

예를 들어 네이버 블로그에 글을 작성하면 네이버에서 바로 검색이 가능하다. 아무리 늦는다 해도 1시간 이내에 검색이 가능하다. 포털에서 내가 올린 글이 검색이 된다는 것은 많은 사람에게 노출된다는 의미이기 때문에 홍보로서 아주 막강한 효과가 있는 것이다.

홈페이지는 이런 면에서는 약간 뒤쳐지는 게 사실이다. 홈페이지에서 글을 작성한 후 네이버에서 검색이 되려면 검색로봇이 홈페이지에 방문해 내용을 가져가는 과정을 거쳐야만 하기 때문에 검색이 되기 까지 1개월 이상이 소요되는 경우가 많다.

이처럼 블로그와 홈페이지는 분명한 차이가 있다

효과가 좋다고 해서 블로그만 맹목적으로 의지해서는 안 된다. 업종마다 자신들에게 맞는 홍보 매체를 찾고 관리하는 것이 무엇보다 중요하다. 그럼에도 불구하고 블로그를 강조하는 이유는 분명한 효과가 있기 때문이다.

그렇다면 어떻게 블로그를 효과적으로 활용할 것인가? 무작정 블로그를 개설하고 생각 날 때 마다 글을 올리면 되는 것인가?

포털사이트 상위에 자신의 글을 노출하기 위해서는 분명히 요령과 이해가 필요하다. 우선은 상위노출 시스템 알고리즘의 이해가 필요한데 이는 수시로 바뀌다 보니 블로그의 기본 취지에 맞게 관리하는 것이 가장 중요하다. 바뀌는 이유는 자신의 블로그를 상위에 노출시키기 위해 편법을 쓰는 일부 얌체 운영자들을 막기 위해 업데이트를 하는 것이다. 그러기에 알고리즘을 분석하려는 노력보다는 양질의 글을 올리기 위한 노력이 상위노출에 더 효과적임을 알아야 한다.

블로그 상위노출을 알려준다며 돈을 받고 교육하는 사람들도 있다. 그들은 블로그 상위 노출 알고리즘을 분석하기 위해 많은 시간과 노력을 드렸으니 비용을 받고 교육을 해주는 것은 당연하겠지만 블로그 기본취지를 지키는 블로거라면 별도로 돈을 주고 교육을 받을 필요가 없다.

그러나 아주 기초가 되는 4가지 사항은 알고 블로그를 운영하기 바란다.

첫째, 블로그에 글은 꾸준하게 올려야 한다.

글을 올릴 때 10개의 글을 하루에 전부 올리는 것보다 3일에 1개, 일주일에 2개 정도를 꾸준하게 올리는 것이 좋다. 블로그에 글이 많다는 것은 좋은 것이지만 욕심이 앞서 한꺼번에 올리는 것은 포털 입장에서 볼 때 꾸준하게 관리되는 블로그가 아니라고 판단하여 상위에 노출될 가능성이 낮아진다

둘째, 이미지를 활용해야 한다.

블로그 글을 작성할 때 이미지를 활용하는 것이 좋다. 텍스트로만 구성되어 있는 글보다는 이미지가 섞여있는 글이 더욱더 높은 점수를 얻어 상위에 노출된다. 그런데 이때 아무 이미지나 올리지 말고 글에 도움이 되는 연관된 이미지를 올려야 한다. 또한 이미지를 올릴 때 게시글 가장 상위는 피하는 것이 좋다. 검색 시 이미지를 검색하지 않고 텍스트를 검색하기 때문에 가장 상위보다는 텍스트 3줄 밑이 좋다

셋째, 처음 1~3줄에 키워드를 활용해 전체 글을 요약해야 한다.

검색 알고리즘은 글의 앞부분을 우선적으로 검색하는 경향이 있다. 그러기에 내용 앞부분에 키워드를 활용해 글을 요약하면 검색할 때 상위에 노출될 확률이 높아진다

넷째, 양질의 내용을 올려야 한다.

당연한 말이다. 양질의 내용이 상위에 노출되는 것은 당연한 것이며 또 그래야만 한다. "알고리즘이 판단하는데 양질인지 아닌지 어떻게 알겠어"라며 키워드로 구성된 아무 의미 없는 내용을 올리면 안 된다. 세상에는 나보다 영리한 사람들이 많다. 알고리즘은 계속 발전해 지금은 조회수나 댓글 등의 반응을 통해 양질의 여부를 판단한다. 그러나 기술이 더 발전하면 딥러닝을 통해 사람보다 더 정확하게 글을 평가하는 알고리즘이 개발될 것이다. 그러기에 이런저런 요령을 고민하지 말고 좋은

글에 대해 고민을 하는 것이 훨씬 낫다.

블로그는 꾸준하게 올려야 하며 좋은 내용을 올려야 하기 때문에 관리하기가 쉽지 않다.
그러나 노력한 만큼 효과를 얻을 수 있기 때문에 블로그를 적극 활용하길 바란다.

◆웹문서 100% 활용하기

웹문서라는 것은 포털에서 검색의 한 영역으로 일반 홈페이지의 웹페이지를 웹로봇이 수집해놓은 문서를 말한다. 포털마다 명칭은 조금씩 다르다 네이버는 웹사이트, 다음은 웹문서, 구글은 광고를 제외한 검색되는 모든 내용이 웹문서이다.

인터넷 상에는 무수히 많은 홈페이지들이 존재하는 만큼 방대한 양의 정보가 존재한다.

이 정보들을 하나하나 찾기가 어려워 검색사이트라는 것이 생기게 되었고 검색사이트에서는 방대한 홈페이지의 정보들을 웹로봇이라는 엔진을 개발해 수집하게 되었다.

웹로봇은 포털마다 성능차이가 분명히 존재한다.

로봇은 일반홈페이지에 방문해 해당 홈페이지의 모든 페이지를 분석해 해당 내용들을 수집한다. "모든 페이지를 수집한다"라는 말이 쉽지, 기술적으로는 굉장히 어려운 부분이다.그러기에 수집의 기술력이 검색의 기술력이 되는 것이다.

가장 잘 수집하는 업체는 단연 구글이다. 무리도 아닌 것이 구글검색 자체가 웹문서 검색을 제공하는 것이기 때문에 웹로봇이 발전할 수밖에 없었다. 그러나 국내기업인 네이버, 다음은 블로그나 카페 등과 같은 포털 내의 서비스에 집중하다 보니 구글보다 웹문서 검색의 능력이 떨어지는 것이 사실이다.

"나는 네이버와 다음만 사용하니까 웹문서는 신경쓰지 않아도 되겠지"라고 생각할 수 있다. 틀린 말은 아니다. 그러나 자신의 사이트가 일반 홈페이지가 아닌 커뮤니티사이트라면 얘기가 달라진다. 일반 홈페이지는 게시글 작성이 많지 않아 웹문서에 크게 신경을 쓰지 않아도 된다. 그러나 커뮤니티사이트라면 하루에도 몇 십 건씩 자료가 업데이트되기 때문에 얘기가 달라진다. 홈페이지에 작성되는 모든 글이 포털 웹문서에 검색이 된다면 이와 같이 효과적인 광고가 어디 있겠는가?

"웹문서를 통해 얼마나 유입이 되겠어?"라는 생각을 한다면 이는 몰라도 너무 모르는 말이다. 실제 우리 거래처중에 커뮤니티를 운영하는 N사가 있는데 이 업체의 하루 2천명 이상이 구글 웹문서 검색을 통해 유입된다. 하루에 2천명을 키워드 광고로 자신의 홈페이지에 방문시키려하면 클릭당 1,000원씩만 잡아도(1,000원은 비싼 금액이 아님) 하루 200만원의 광고비를 지출해야 한다. 한 달로 환산하면 6천만 원의 광고비를 지출해야 한다. 우리가 상상할 수 없는 비용의 광고효과를 웹문서 검색을 통해 얻는 것이다.

효과를 알았다면 이젠 어떻게 웹문서에 노출시킬 수 있는지 생각해봐야 한다.

웹문서 노출을 위해서는 로봇이 잘 수집할 수 있게 홈페이지를 제작해야 한다. 웹표준을 준수한 홈페이지 제작은 필수이다.

기술적인 면에서 메타태그 등을 잘 활용해 웹페이지의 설명을 정확하게 기재해주는 것이 좋다. 너무 과하지 않은 선에서 적당한 메타태그 활용은 웹문서 노출에 효과적이지만 과도한 사용은 로봇이 수집했다 해도 포털에서 과도하다 판단해 걸러낼 수 있기 때문에 메타태그 작성시 주의해야 한다.

로봇의 검색을 돕기 위해 네이버와 구글은 신디케이션 이라는 서비스를 제공하고 있다.신디케이션은 쉽게 말해 홈페이지에 글이 올라오면 *"새로운 글이 작성되었어요. 수집해 가주세요"* 라고 새로운 글을 포털에 알려주는 서비스이다.

사실 웹문서는 로봇이 수집해가기 전까지(30일 정도 소요됨) 포털에 노출되지 않고 수집한다 해도 웹로봇 성능에 따라 누락되는 페이지가 있을 수밖에 없다. 신디케이션 서비스는 이러한 단점을 개선한 서비스이다. 그러기에 포털에서 제공하는 api를 통해 신디케이션을 개발하면 실시간으로 누락되는 내용 없이 웹문서에 검색될 수 있게 할 수 있다.

웹문서에 대한 중요성을 알고 위에서 언급한 것처럼 열심히 작업했는데도 불구하고 웹문서에 검색이 안 되는 경우가 있다. 또는 잘되다가 뒤로 밀리거나 아니면 목록자체가 사라지는 경우도 있다.
이는 로봇이 정상적으로 수집했는데 포털 운영 방침에 위배되어 거르는 경우이다. 그러기에 포털의 정책이 담겨있는 가이드를 참고해 위배되지 않도록 작업을 하는 것이 중요하다.
그 중에 너무 쉽게 범하는 실수 3가지 정도만 알아보려 한다.
첫째 리다이렉션을 하면 안 된다.
리다이렉션은 a페이지에 접속했을 때 a페이지에서 b페이지로 자동 연결하는 것이다. 이는 웹문서 검색 시 a페이지를 설명하고 있는데 클릭하면 b페이지가 보여지기 때문에 포털 입장에선 환영할만한 사항이 아니다. 부득이한 경우도 있다. 홈페이지 주소가 바뀌거나 하는 경우이다. a.com사이트였는데 b.com사이트로 바뀐 경우이다. 이럴 때에는 리다이렉션을 걸되 a.com사이트에서 b.com로 넘어갈지 의사를 묻는 페이지를 만드는 것이 좋다. 해당 페이지에서 "바로가기" 버튼과 "5초 후 자동이동" 기능을 추가한다면 큰 무리가 없을 것이다.
둘째 비슷한 글이 많으면 안 된다.
웹문서에 많이 노출되고 싶은 욕심에 비슷한 글을 반복적으로 올리는 경우가 있는데 이는 좋은 방법을 넘어 아주 나쁜 방법이다. 요즘은 기술이 좋아져 문선의 유사성을 구분 할 수 있게 되었다. 그래서 비슷한 글을 텍스트 몇 개 바꾸어 작성하면 포털에서는 이것을 판단해 검색 시 뒤로 밀리게 하거나 검색자체가 안 되게 한다. 그러기에 글을 작성할 때는 요령보다는 성실함으로 작성하는 것이 좋다.
셋째 주소가 너무 길면 안 된다.

이는 웹로봇에 대한 배려이다. 페이지 주소가 너무 길거나 하면 알고리즘 자체가 복잡해지기 때문에 가능하면 짧게 작성하는 것이 좋다. http://a.com/a.html?a=1&b=2 주소를 가정할 때 "?" 뒤에 있는 a=1&b=2 부분을 짧게 작성해야 한다. 이 부분은 줄일 수 있는 한 최대한 줄여야 웹로봇이 수집할 때 수월하다. 만약 홈페이지 제작을 의뢰하는 상황이라면 짧은 주소 부분을 언급해주는 것이 좋다.

이정도 3가지만 주의해도 크게 문제되지 않을 거라 판단한다.

참고적으로 나의 홈페이지내용이 얼마나 웹문서에 노출되는지 확인하는 방법이 있다. 검색창에 site:abcdefg.com 이렇게 검색을 하면 abcdefg.com 홈페이지에서 수집한 모든 내용을 확인해볼 수 있다.

05

◆ 지식인 활동하기

사업초창기 나름 개발에는 자신이 있었지만 마케팅에 자신이 없었다. 내가 아무리 잘 만든다 해도 만들어달라고 하는 사람이 없으면 무슨 의미가 있겠는가?

이때 같은 업종에 종사하던 지인으로부터 지식인 활동을 추천 받았다. 사실 처음에는 반신반의했다. 지식인의 정보가 유용하긴 하지만 "몇 백만 원씩 하는 홈페이지 제작을 지식인의 내용만 보고 문의를 할까"라는 생각을 했기 때문이다. 지인은 지식인 활동으로 질문의 답변을 꾸준하게 하면 마케팅 효과가 분명하게 있고 질문자의 아이디로(지금은 아이디가 노출되지 않음) 쪽지나 이메일을 발송하면 더 큰 효과가 있다고 나에게 설명해주었다. 말을 듣고 보니 틀린 말은 아니라 생각되어 한번 해보기로 결심했다. 지식인 홈페이지를 즐겨찾기 하고 지식인으로 활동할 아이디를 만들어 활동을 시작했다. 질문 자체는 대부분 평이한 질문이어서 답변하기에 그렇게 어렵진 않았다.

답변 글을 작성할 때는 홈페이지 홍보를 위해 주소를 같이 입력했다 "여기에 가시면 도움 받으실 수 있습니다"라는 식의 답변이었다. 지식인 쪽에서는 이러한 답변을 작성한 아이디에 패널티를 줘서 지식인 활동일 얼마 동안 못하게 한다. 처음에는 그것도 모르고 대놓고 홍보를 하다 보니 여러 번 활동 중단을 받았다. 노하우가 쌓이다 보니 홍보 아닌 홍보 같은 문구를 잘 작성해 어느 정도 성과를 거두게 되었다.

처음에 거래했던 비용은 10만원도 안 되는 작업을 수주 받아 처리했다. 그러나 비용에 연연하지 않고 성실하게 작업을 해줬더니 추가적인 작업을 요청했다. 이후에 홈페이지 리뉴얼 작업까지 의뢰를 받아 처리해주기도 하였다.

이렇게 사업하면 절대 망하지 않는다

역지사지의 마음으로 지식인에 질문을 올린 사람의 마음을 헤아려본다면 얼마나 답답하고 방법을 모르면 지식인에 질문을 했겠는가? 그러기에 성실하게 답변을 달아준 사람에게 고마운 마음과 함께 작업을 의뢰하지 않겠는가?

이처럼 질문자의 마음을 헤아린다면 지식인 마케팅은 효과적이다.

네이버 측에서는 지식인 활동에 너무 광고성이 짙어지자 필터링을 더욱더 강화했다. 답변 자체에 외부 링크는 걸거나 홍보성 글이라 판단하면 몇 분 되지 않아 글이 삭제하거나 패널티를 준다. 답변자가 자신의 정보를 노출하기 위해서는 네임택이라는 작성자 정보 부분을 활용하는 것 외에는 노출할 방법이 없다. 한마디로 네이버에서 만든 시스템 내에서만 홍보하라는 것이다. 네임택에는 사진, 홈페이지주소, 간단한 문구 등을 관리할 수 있다. 그러기에 지식인활동을 하기 원한다면 네임택 관리는 필수적으로 해야 한다. 아무리 도움을 받고 싶다고 한다 할지라도 연락할 수 있는 방법이 없으면 안되지 않겠는가?

잘 작성된 답변은 일회성으로 끝나는 것이 아니다. 비슷한 궁금증이 있는 사람도 나의 지식인 활동에 도움을 받을 수 있기 때문에 일회성으로 끝나지 않고 지속된다는 사실을 알아야 한다. 나 역시 시간이 경과된 이후 지식인을 통해 재문의 받았다.

그렇다면 지식인 활동은 쉬운 것인가?

사실 그렇지도 않다. 답변해야 하는 분야의 글을 수시로 모니터링 해야 하는 불편함과 답변을 위해 30분 정도 글을 작성해야 하는 시간 투자도 분명하게 존재한다. 그러나 해보면 나의 답변에 도움을 받는 사람이 있구나 라는 성취감도 있다. 질문 내용 중에 기억에 남는 질문이 있다.

질문:

올해 나이 32살입니다. 2년을 공무원 시험 준비하느라 2년 동안 쓴맛을 봤습니다. 와이프와 아이 두 명 이렇게 네 식구입니다. 공무원 시험공부

　　　　　　　7장 홍보, 어떻게 할 것인가?

떨어지면 정말 아무짝에 쓸모 없네요. 더 이상 경제적 형편이 안돼서 공부를 포기하고 직업학교에 들어가서 웹디자인 공부를 하려고 합니다.

전 자신이 있는데 현실은 그렇지 않은가 봐요. 많은 글을 보고 들은 얘기를 종합해보면

젊은 애들이 넘치는데 나이 많은 저를 쓰겠냐는 겁니다. 물론 열정만은 넘칩니다. 홈피 꾸미는 것을 별로 좋아하진 않았습니다. 그러나 이쪽에 관심을 갖은 뒤로 여러 포트폴리오를 봤습니다. 그러다 이거다 싶었습니다. 제가 이런 홈피를 제작한다면 성취감도 느끼고 정말 재미도 있을 것 같더라구요. 아직 결정을 못했습니다. 과연 현실세계에서 32살 나이 신입 어떨까 걱정이 앞서는 건 당연한 것 같습니다.

직업학교에 오피스실무 과정부터 웹디자인<초급> >>><중급>과정 이렇게 밟으려고 생각 중입니다. 조언 부탁 드립니다. 제 인생에 중요한 시점입니다. 전망과 무엇을 남들보다 더 열심히 해야 하며 취업 후 무엇을 중점적으로 공부를 더 해야 하는지 등등.

살아남기 위해 할 수 있는 건 다하고 싶습니다

답변:

안녕하세요 홈페이지 제작업체 인사 담당자입니다

지식인을 검토하다 님의 글을 보고 나서 실무자인 인사담당자인 제가 저의 입장을 밝히면 많은 도움이 되지 않을까 싶어 글을 남깁니다.

우선 32살 좀 있으면 33이네요.

전 올해 33살입니다.

프로그램 개발자출신 기획자이자 인사 담당자죠. 일반적으로 기획자가 인사 담당을 하니까요^^ 전 경력만 8년 됩니다. 저의 프로필을 자랑하려고 하는 것이 아니고 일반적으로 저의 나이엔 기획자나 실장 이런 직함들이 어울리는 것이 이쪽 업계입니다.

저의 회사에 질문자님이 입사 지원한다면 저는 당연 뽑지 않습니다. 공부를 했다 해도 실력은 초보일 테고 그렇다고 저보다 나이가 한참 어려

서 막 부릴 수도 없고요.

그럼에도 불구하고 몇 가지 조건이 맞는다면 저는 질문자님을 택하겠습니다.

1)실력보단 성실함입니다.

우선 이력서에 가장이라는 것을 부각시키시면 참 좋을 것 같네요. 정말 열심히 하겠다라는 표현 이쪽에 이직률이 높은 편입니다. 평생직장이라고 생각하고 일하겠다는 마음과 그런 모습을 수습기간 때 보여주겠다고 어필하시면 좋을듯하네요

2)노동부 지원금을 어필해보세요.

이쪽업계는 대부분 영세합니다. 그러다 보니 직업훈련학교 출신들을 뽑을 때 지원금을 받는지 여부가 가장 중요합니다. 그럼 회사에서는 노동부에 지원금을 받아 급여에 대한 부담이 좀 줄기 때문입니다.

3)공무원 준비했다는 것을 강조해서 성실함을 좀더 부각해보세요

4)작은 회사도 마다하지 않는 자세(처음부터 큰 곳으로 갈순 없습니다.)

전 사람을 뽑을 때 실력을 보고 뽑진 않습니다. 실력은 사실 말해서 경력자에게나 어울리는 거죠. 신입이 잘하면 얼마나 잘하겠습니까? 몇 개월 실무에서 경력 쌓으면 훨씬 잘합니다. 그러니 실력 자랑보단 성실함과 열정을 어필해보세요

저의 이 짧은 글이 도움이 되셨으면 합니다.

ps

그리고 이쁜 아이 2명이면 잘 키우시고요. 아내와 행복한 가정 생활하세요. 나중에 입사지원하실 때 저희 쪽에 전화 한번 주세요. 사람 뽑으면 그때 제가 채용할 수도 있으니까요^^ 열심히 공부하세요^^

이렇게 답변을 달아주었고 질문자는 답변으로 **"궁금한 점이 시원하게 해결되었습니다."**라는 답변을 달아주었다.

이때 "내가 조금이나마 도움이 되었구나"라는 생각에 정말 기뻤다.

이렇게 지식인 활동은 마케팅뿐 아니라 다른 사람에게 도움을 줄 수 있다는 장점이 있기 때문에 고민해볼 만한 가치가 충분히 있다.

*커뮤니티 홈페이지 활용하기

얼마 전 바다 좌대낚시에 간 적이 있다. 개인적으로 낚시를 좋아하지 않지만 모임이다 보니 참석하게 되었다. 가보니 바다 위에다 낚시를 할 수 있는 인공 섬을 만들어 낚시를 즐기는 것이었다. 바다낚시는 배를 타고 나가서 하는 반면 좌대낚시는 인공 섬 위에서 그물 안에 고기를 넣고 낚시하는 것이었다. 다 잡아놓은 고기를 다시 잡는 형식이어서 혹자들은 "그렇게 하는 낚시가 뭐가 재미있냐?"라고 말하기도 하지만 개인적으로는 나름 손맛도 느낄 수 있고 회도 먹을 수 있어서 좋았다.

인터넷 마케팅 부분에서도 이와 비슷한 형태의 서비스 공간이 있다. 바로 커뮤니티 공간이다. 커뮤니티는 같은 관심사가 있는 사람들이 모여들어 서로 정보를 공유하며 발전하는 인터넷 공간이다.

바다의 넓은 공간을 항해해서 고기를 잡는 것보다는 그물 안의 제한된 공간에서 고기를 잡는 것이 시간이나 노력 면에서 훨씬 적게 든다. 다시 말해 불특정 다수에게 활용하는 것보다는 특정 소수을 활용하는 방법이 훨씬 효과적이라는 것이다.

인터넷상의 커뮤니티 공간은 굉장히 많이 있다. 모든 포털 사이트에서는 카페서비스를 하고 있어 검색 몇 번만으로 내가 관심 있는 분야의 무수히 많은 커뮤니티 카페를 찾을 수 있다.

커뮤니티는 카페만 있는 것이 아니다. 커뮤니티 공간을 홈페이지로 제작해 서비스하고 있는 업체들도 많이 있다. 그 중에 잘 활성화 되어있는 커뮤니티 홈페이지를 활용하면 아주 효과적이다.

카페도 그렇고 커뮤니티 홈페이지도 그렇고 활성화되다 보면 자연스럽게 의뢰할 수 있는 공간(의뢰공간이 없는 경우 자유게시판, 질문과 답변 활용)을 만들기 마련이다. 간단한 사항은 서로 도움을 주고 받을 수 있지만 복잡한 사항들은 자신의 시간과 노력을 투자해야 하는 경우가 많아 자연스럽게 금전 거래가 이루어지는 공간이 생기기 마련이다. 그래서 커뮤니티 사이트의 게시판을 활용하면 자신의 서비스를 충분히 판매할 수 있다.

우리 같은 경우 PHP전문이어서 PHP스쿨이라는 커뮤니티에 의뢰마당 게시판을 많이 확인한다. 평균적으로 2개 이상의 의뢰들이 꾸준하게 올라오는데 그 중에 작업 가능한 일을 잘 선별해 비용과 작업관련사항을 제안하면 의뢰자가 판단해 거래가 성사된다.

그런데 처음부터 고가의 작업을 기대해선 안 된다. 조금씩 조금씩 나아간다는 마음으로 저가의 작업도 충실하게 하는 것이 좋다. 작업간 신뢰가 형성되면 거래처를 확보할 수도 있고 이후에 고가의 작업의뢰도 들어올 수 있기 때문에 첫술에 배부르려 하는 건 금물이다.

커뮤니티 특성상 의뢰자 역시 어느 정도의 전문 지식을 갖추고 있는 경우가 많아 작업자의 능력과 성실함 등을 충분히 파악할 수 있기 때문에 최대한 성실하게 작업을 처리해줘야 한다.

커뮤니티 의뢰작업에서 주의해야 할 사항도 있다. 의뢰자가 비용을 후려치는 경우 절대 작업을 해줘선 안 된다. 항상 작업비용은 누구나 납득할 수 있는 합리적인 비용으로 작업을 해야 한다. 노는 것보다 단돈 얼마라도 버는 것이 낫다고 생각하면 절대 안 된다. 스스로 거래되는 금액을 내려놓으면 나중에는 제값을 받고 싶어도 받을 수 없게 된다.

의뢰자의 이런 말에 절대 현혹되어서는 안 된다.

"이번에만 이 가격으로 부탁 드립니다. 이 일 끝나고 작업이 계속 있어요"

"재가 아는 사람들이 많은데 소개시켜드릴게요"

이런 말을 하는 사람들의 절대 다음이 없기 때문에 속지 않길 바란다.

또 다른 경우로 의뢰 받은 작업을 하청주는 사람을 주의해야 한다. 커뮤니티나 기타 다른 곳에서 수주를 받아 하청을 주는 경우인데 당연한 말이지만 작업비용에서 항상 문제가 발생된다. 수주 받은 사람은 수수료를 떼고 작업을 의뢰하기 때문에 작업과 비용간의 차이가 발생할 수 밖에 없다. 그나마 양심적인 사람은 10% 정도의 수수료만 떼지만 경험한 사람 중에 60%까지 떼는 경우도 봤다. 이 얼마나 양심 없는 행동인가? 바로 눈앞에 자신의 이득 때문에 작업에 물려있는 모든 사람을 죽이는 악한 사람이다.

가격을 후려치는 사람과 하청을 주며 작업비용으로 장난하는 사람과의 거래는 절대 해선 안 된다. 사실 이런 일이 가능한 이유는 커뮤니티 특성상 어느 정도 알고 있는 사람이 의뢰하기 때문에 가능하다. 그러기에 자신이 정한 비용과 차이가 많이 나는 경우 비양심적인 사람인지 의심해보고 잘 분별하여 작업한다면 긍정적인 수익모델이 될 수 있다.

재능기부 사이트 활용하기 ◆

마케팅을 하는 방법으로 재능기부 사이트를 활용하는 방법도 있다.
인터넷에 "재능기부 사이트"를 검색하면 현재 서비스하고 있는 많은 재능기부 사이트 들이 나온다. 재능기부 사이트라 하여 무료로 자신의 재능을 기부하는 것은 아니다. 일정한 비용을 받고 재능을 기부하는 것이다. 기부라는 표현 때문에 "내가 기부하고 제대로 된 대가를 받지 못하는가?"라고 오해할 수 있지만 절대 그렇지는 않다.

초기 재능기부 사이트는 자신의 재능을 기부하는 취지로 운영되었다. 그러다 보니 최저시급도 안 되는 비용으로 자신의 재능을 기부했다. 관련분야 학생이나 또는 아마추어들이 자신의 실력향상을 위해 약간의 비용만 받고 처리했기 때문이다. 업체를 통해 제작한 것만큼은 아니어도 나름 결과물이 좋게 나오다 보니 수요자가 늘기 시작했다. 수요자가 늘면 그거에 비례해 공급자가 늘게 되는데 재능기부 사이트도 예외는 아니었다.

수요와 공급이 같이 늘면서 하나의 생태계가 형성되었고 그로 인해 업체들도 많이 뛰어들게 되었다. 그러다 보니 작업에 대한 퀄리티는 자연스럽게 높아지고 업체에 의뢰할 때 발생되는 비용만큼은 아니어도 비용도 높아졌다. 이렇듯 재능기부 사이트는 아마추어공간에서 전문가 공간으로 발전하게 되었다. 그렇다고 해서 작업자 중 학생이나 아마추어가 없는 것은 아니다. 그렇지만 다수의 업체가 포함되어 있는 것은 사실이다.

운영하는 사업이 제품을 만들어 판매하는 제조업이라면 재능기부 사이트보다는 오픈마켓을 활용하는 것이 훨씬 더 효과적이겠지만 컨텐츠 제작과 같은 일이라면 재능기부 사이트를 적극적으로 활용하는 것이 좋다. 재능기부 사이트의 카테고리 또한 다양하다. 디자인, 프로그램, 컨텐츠 제작, 번역, 문서작성, 상담, 레슨 등 다양하며 계속 추가되고 있는 상황이다. 그러기에 나와 맞는 카테고리가 있다면 적극 활용할 필요가 있다.

재능기부 사이트에서 자신의 서비스를 판매하기 위해서는 작업자로 등록을 해야 한다. 자신이 서비스하고자 하는 일과 그에 따른 비용을 등록하면 소비자들은 내가 등록한 내용을 보고 작업의뢰를 하는 형식이다. 작업자로 활동하는 경우 특별히 비용이 들지 않지만 서비스하고자 하는 상품을 잘 보이게 하기 위해서는 유료광고를 해야 한다. 작업이 마무리되면 수수료(10%~20 업체마다 다름)를 제외한 작업비용을 받을 수 있다.

사업을 할 때에 항상 수금에 대한 부담이 있는데 재능기부사이트를 활용하면 수금에 대한 고민을 할 필요가 없다는 장점이 있다. 또한 재능기부사이트에서는 포털에 자신의 사이트를 지속적으로 광고하므로 수요자를 계속 확보한다. 그러기 때문에 작업자 입장에서는 마케팅에 대한 부담도 없다. 재능기부사이트를 잘 활용한다면 미수금에 대한 부담, 마케팅에 대한 부담 없이 오로지 작업에만 집중할 수 있다는 장점이 있다.

간혹 커미션이 아까워서 직거래를 하는 경우가 있는데 이는 결코 바람직한 행동이 아니다. 짧게 보면 20%에 대한 비용을 내가 다 받을 수 있어 이득처럼 보이지만 바로 앞에 수금에 대한 부담을 갖게 되고 길게 봤을 때 운영업체 입장에선 수입이 적어져 고객을 끌어 모으는 광고에 소홀해지고 더 나아가서는 극단적으로 볼 때 운영자체가 안될 수도 있다. 그렇게 되면 그 피해는 고스란히 자신이 받게 되는 것이다.

그러기에 부당할 정도의 커미션이 아니면 운영방침을 따라주는 것이 좋고, 너무 부당하다고 판단된다면 다른 유사업체를 알아보는 것이 낫지 직거래를 통한 비양심적인 거래는 하지 않길 바란다.

08

팩스 광고, 신문 전단지, 전단지, 현수막

한동한 오프라인 홍보에 대해 심각하게 고민한적이 있다. 잠들기 전, 운전하며, 온종일 효과적인 홍보 수단이 무엇이 있을까? 고민할 때가 있었다.

나의 이런 고민을 알던 지인이 자신에게 광고용 팩스번호가 있다며 팩스로 광고지를 보내보라고 한 적이 있다. 전단지는 안보고 쓰레기통에 들어가지만 팩스는 어떤 내용인지 한번은 보지 않느냐는 이유였다. 생각해보니 틀린 말도 아니고 효과가 있겠다고 생각했다. 그래서 지인이 가지고 있는 팩스번호 2천 개를 받아 팩스 전단지를 보낸 적이 있다. 팩스 보내는 사이트를 이용해 비용은 10만원(2000건 x 50원)정도 들었다. 지인은 나에게 "내일 문의 전화 받을 것을 대비해 맘 단단히 먹어"라고 웃으며 말을 했다. 생각만해도 입가에 미소가 지어졌었다.

그런데 뚜껑을 열어보니 문의 전화 2건이라는 참담한 결과를 얻었다. 이유를 분석해보니 팩스대신 이메일로 문서를 받는 경우가 많아져 팩스 사용자 수가 많이 줄었던 것이다. 2천건 중에 40% 정도가 이미 사라진 팩스 번호였다. 또한 팩스 광고 전단지로 인한 피로누적이 되어 확인도 안하고 버리는 경우가 많아졌다는 것이다. 다시 말해 실패의 원인은 너무 현실을 보지 않은 너무 낙관적인 바람으로만 마케팅을 한 이유였다.

신문 전단지 광고도 있다.

지금은 신문을 포털에서 검색해서 보지, 누가 신문지를 구독하느냐며 핀잔을 줄 수 있겠지만 2011년도에는 나름 신문을 보는 사람이 있어 전단지를 신문에 끼우면 효과가 있겠다 판단했다. 실재로 15만원 정도를 투자해 광고를 진행해봤는데 문의 전화 2통을 받았고 그 중 1건은 계약이 되었다. 문의준 사람은 업무담당자가 아닌 나이가 있는 회사 이사였다. 다시 말하면 나이가 있으신 분이 신문을 보다가 전단지를 보고 전화해서 계약이 이루어진 경우이다. 3년 후인 2013년에도 동일하게 광고를 했었다. 그런데 그때는 정말 참담하게도 한 통의 문의 전화도 받지 못했다.

이유를 분석하면 그전에도 그렇게 큰 효과는 없었지만 3년 사이 신문업계의 변화가 극심 했던 것이다. 대부분 포털에 있는 뉴스를 스마트폰으로 손쉽게 볼 수 있기 때문에 신문을 구독할 이유가 없어져 구독자수가 급감한 것이다. 주위를 봐도 미용실에서나 신문을 구독할까 신문지 자체가 귀한 시대가 되어버렸다.

전단지를 전봇대나 벽에 붙이는 광고도 있다.
전단지 제작비용은 1000장에 10만원 정도이고 붙이는 것은 내가 직접 해봤다. 밤늦게 회사가 밀집되어 있는 곳에 가서 벽과 전봇대에 전단지를 붙이기 시작했다. 운동 삼아 한다는 생각으로 한 장 한 장 붙이다 보니 어느새 2시간이 훌쩍 지나버렸다. 다음날 기대를 안고 출근했는데 문의 전화는 한 통도 오지 않았다. 3일째 되던 날 1통의 문의 전화가 온 것이 전부였다. 이유가 어떠하던지 간에 결과가 참담하다 보니 그 후 전단지 홍보는 하지 않았다.

마지막으로 현수막 광고이다
현수막은 장당 3만원 정도면 제작할 수가 있다. 규모에 따라 효과가 다르겠지만 시험 삼아 10장을 제작해 길거리에 붙여보았다. 전단지는 1000장을 붙여야 하지만 현수막은 10장만 걸면 됐기 때문에 작업은 금방 끝난다. 현수막을 걸고 그 다음날 문의 전화는 5통과 1건의 계약을 이루었다. 그리 나쁜 점수는 아니었다. 업무를 마치고 걸어놓았던 현수막을 한번 확인해 봤는데 현수막은 온데간데 없고 현수막이 있던 자리는 텅 비어있었다.

도시미관상 현수막은 수시로 제거하기 때문에 길어야 하루였고 짧으면 1시간 안에도 제거 된다는 단점이 있다.

또한 허가 받지 않은 현수막 거치는 불법이다. 때에 따라서는 벌금을 낼 수도 있기 때문에 효과는 있지만 좋은 홍보수단은 아니다. 처음에는 현수막이 길가에 많이 걸려있길래 불법이 아닌 줄 알고 했다가 불법이라는 사실을 알고 나서는 불법현수막 광고를 중단했다. 불법을 저지르면서까지 현수막 광고를 할 정도로 효과가 뛰어나지도 않을뿐더러 불법적인 방법은 그 자체를 하지 말아야 한다.

현수막 광고 중 합법적으로 하는 방법이 있는데 현수막 거치대를 활용하는 것이다. 시에서는 대행업체에 위탁하여 관리하는데 거치비용은 7일간 1만원 정도의 저렴한 비용으로 거치가 가능하다. 그러나 2개월 전에 입찰을 받아 거치해야 하기 때문에 긴박한 광고를 해야 하는 경우에는 맞지 않을 수 있다. 효과 면으로만 볼 때 불법적으로 현수막을 거치하는 것이 더 효과적이다. 거치대를 통해 거치해본 결과 기간은 길게 노출될지라도 다른 현수막과 같이 노출되다 보니 눈에 잘 띄지 않아 효과가 그리 크지 않다. 그러나 다시 한번 말하지만 불법 현수막 거치는 하지 않길 바란다.

트럭 옆면에 현수막을 걸어두는 것도 좋은 방법이다. 트럭 딜러들이 많이 쓰는 방법인데 트럭을 주차해놓고 트럭 옆면에 광고용 현수막을 걸어놓는 것이다. 지인의 도움으로 트럭 옆면에 현수막을 걸어본 적이 있는데 1주일에 한 건 정도의 문의 전화를 지속적으로 받는 효과가 있었다. 그러나 이건 어디까지나 활용할 수 있는 트럭이 있는 경우에 한한 것이다.

위에서 언급한 팩스, 신문 전단지, 전단지, 현수막을 선택할 때에는 자신과 맞는 광고 수단을 골라야 한다. 같은 광고 매체라 할지라도 업종에 따라 효과가 다를 수 있음을 인지해야 한다. 전단지를 예로 들면 홈페이지 제작에 관한 홍보는 효과가 없을지 몰라도 야식 업종인 경우 전단지를 통해 주문이 들어오기 때문에 분명한 효과가 있다. 현수막도 우리 업종과는 맞지 않을 수 있지만 부동산 매매, 분양 등과 같은 분야에서는 현수막을 적극적으로 이용하고 있지 않은가?

그러기에 자신의 사업과 잘 맞는 광고 채널을 잘 선택해 진행해야 한다. 진행할 때는 결과를 최대한 데이터화해서 효과가 있는지를 객관적으로 판단해야 한다. "한번 더하면 효과가 있을 거야"라는 마음의 속삭임이 있다면 그것이 바람인지 아니면 데이터에 입각한 현실 가능한 판단인지 잘 구분할 필요가 있다.

09

◆광고의 갑 키워드광고

지금까지 여러 다양한 방법으로 홍보를 해본 결과 가장 가성비가 뛰어나다 라고 결론 내린 것은 키워드 광고이다. 비용뿐 아니라 관리하기가 다른 홍보매체보다 훨씬 수월하다.

키워드광고란 포털 검색 시 자신의 상품이 노출되는 웹페이지에 유료로 링크를 걸어주는 서비스를 말한다. 키워드 광고를 하기 위해서는 최초에 키워드를 잘 선택해 키워드에 맞는 설명 문구와 함께 잘 작성해 등록하면 된다. 이때 설명문구는 상품정보를 간략하게 요약하여 사용자로 하여금 클릭을 유도할 수 있는 문구로 작성하면 된다. 문구에 따라 클릭 유무가 결정되기 때문에 키워드 광고 작성시 많은 고민이 필요하다.

그런데 처음 작성하는 것에만 신경을 쓰면 되지 그 이후에는 크게 신경 쓸 것이 없다. 다른 블로그나 웹문서 광고는 시간이 지나면 뒤로 밀리기 때문에 수시로 관리해야 하지만 키워드광고는 클릭 비용에 따라 위치가 결정되기 때문에 비용만 관리한다면 앞쪽에 노출되는 것은 큰 문제가 없다.

또한 키워드광고 노출이 아닌 클릭 시에 비용이 부과되기 때문에 합리적인 광고라 할 수 있다.

그렇다면 키워드광고를 통해 유입된 사람이 구매로 이루어 지는 전환율은 어느 정도일까? 분명하게 말하지만 키워드광고를 통한 전환율은 업종마다 키워드마다 각각 다르기 때문에 내가 언급하는 수치가 절대적이라 말할 수 없다. "아, 이정도 되는구나"라고 참고만 하길 바란다. 이 통계는 3년 정도 "홈페이지 제작" 관련 키워드를 운영하여 얻은 결과이다.

100명의 방문자가 있다면 10명이 견적문의를 하고 10명 중 1명이 계약을 한다. 다시 말해 방문자 100명당 1건의 계약이 이루어지는 것이다. 1%의 전환율인데 이는 절대 낮은 수치가 아니다. 우리는 클릭당 2천원을 넘기지 않는 선에서 광고를 진행한다. 한번 클릭하여 홈페이지에 유입되면 최대 2,000원의 광고비가 지출되는 것이다. 평균적으로 계약 한 건당 100만원의 거래가 되므로 100만원의 매출을 올리기 위해서 최대 20만원 (100회 X 2천원)의 광고비가 지출된다. 이건 어디까지나 2천원으로 계산한 최대 비용이고 실제로는 10만원 정도의 광고 비용이 든다. 매출의 10%가 광고비용이라는 것은 결코 나쁜 수치가 아니다.

이러한 좋은 키워드 광고임에도 주의해야 하는 사항들이 있다.
처음에 키워드 광고를 어떻게 하는 줄 몰라 광고대행 업체에 위탁하는 경우가 있다. 광고대행업체에 위탁하고 자신은 업무에만 집중하는 것도 좋은 전략이긴 하다. 그러나 위탁 시에 너무 의지하지 않길 바란다. 자신의 사업에 대한 키워드는 아무리 전문적인 광고대행업체라 할지라도 자신보다는 잘 알고 고민하지 않기 때문에 본인이 직접 키워드를 작성하고 등록하는 것이 좋다.
또 다른 이유로 광고대행업체는 자신들의 수입을 늘리기 위해 불필요한 키워드를 추가하는 경향도 있다. 우선 광고대행업체의 수입구조를 살펴보면 이해가 쉽다.
키워드 광고를 광고주가 직접 하는 경우 광고비에 비례해 포털에서는 쿠폰을 발행해주고 해당 쿠폰은 다시금 광고로 활용할 수 있다. 예를 들어 100만원의 광고비를 결제하면 5만원의 쿠폰을 발행해 105만원의 키워드 광고를 할 수 있는 것이다. 그런데 광고대행업체를 끼고 하는 경우 쿠폰은 광고주에게 지급되지 않고 광고대행업체에게 지급된다. 쿠폰으로 받는 5만원을 광고대행업체가 지급받는 것이다. 광고주 입장에서는 대행업체에게 직접적인 비용을 지불하지 않기 때문에 손해 볼 것이 없다고 판단할 수 있지만 쿠폰 비용에 대한 피드백을 받을 수 없다는 것은 알아야 한다.

이런 상황이다 보니 광고대행업체에서는 쿠폰비용을 많이 받기 위해 불필요한 키워드를 등록해 광고를 진행한다. 광고주 입장에서는 방문율이 높은 키워드 보다는 전환율이 높은 키워드를 집중적으로 광고하는 것이 좋다. 왜냐하면 적게 방문해도 실제 제품구매자가 방문하는 것이 좋기 때문이다. 그러나 광고대행업체 입장에서는 전환율보다 방문율이 높은 키워드를 많이 넣는 것이 좋다. 그래야만 클릭당 광고비가 많이 지출돼 그에 비례해 더 많은 수익을 올릴 수 있기 때문이다.

홈페이지 제작에 관련 키워드를 예로 들어보면 "홈페이지 제작업체"라는 키워드와 "용산구 홈페이지 제작업체"라는 키워드 중에 어떤 것이 방문율에 효과적이고, 어떤 것이 전환율에 효과적이겠는가? 그렇게 크게 고민하지 않아도 방문율은 "홈페이지 제작업체"가 높고 전환율은 "용산구 홈페이지 제작업체"가 높다 라는 것은 쉽게 알 수 있을 것이다. 고객 입장에서 생각해볼 때 "홈페이지에 대해 한번 알아볼까?"라고 생각하는 사람은 "홈페이지 제작업체"을 검색하고 "홈페이지를 만들어야겠다"라는 의지가 있는 사람은 "용산구 홈페이지 제작업체"와 같이 자신의 지역을 조합해 검색하는 경우가 많다.

대행업체에서는 자신에게 유리한 키워드를 넣고 광고주에게 불리한 키워드를 빼는 식으로 광고를 진행하지는 않는다. 2가지 다 넣는 식으로 광고를 진행하는데 광고주는 이을 잘 분별해서 효과가 떨어지는 키워드는 제거하는 식으로 광고의 가성비를 높여야 한다.

그러기에 100% 광고대행업체에게 위임하지 말고 꼼꼼하게 키워드를 점검할 필요가 있다.

키워드 작성시 오타를 활용하거나 수식어를 합성해 키워드를 제작하면 가성비를 높일 수 있다.

"홈페이지 제작"이라는 키워드를 예로 들면 홈패이지 제작, 홈페이지 재작, 홈피지 재작 등과 같이 오타를 활용하거나 고품격 홈페이지 제작, 용산구 홈페이지 제작, 저렴한 홈페이지 제작 등과 같이 지역이나 수식어를 합성해 키워드를 작성하면 효과적이다.

노출위치에 대한 가성비를 높이는 방법도 있다. 키워드 광고는 페이지 당 10개의 광고 목록이 노출된다. 그 중 가장 좋은 자리는 가장 눈에 잘 띄는 첫 번째 줄이지만 클릭당 지출비용이 너무 비싸다. 그러기에 광고비가 넉넉하지 않다면 2, 3번째 넣어도 크게 상관없다. 나의 개인적인 취향을 일반화시킬 순 없지만 나는 첫 번째보다 2, 3번째 키워드를 더 선호하는 편이다. 이처럼 사람마다 취향은 다 다르기 때문에 꼭 첫 줄이 아니어도 된다. 그러나 페이지가 넘어가는 경우에는 차이가 많이 나므로 페이지를 넘기는 것은 좋지 않다.

키워드 작성시 설명문구를 통해 가성비를 높이는 방법도 있다.

홈피플랜 홈페이지제작 www.hompyplan.com
홈페이지제작전문, 10년의 노하우, 고퀄리티, 어플개발, 맞춤형 홈페이지

첫 번째 줄에는 업체명과 키워드를 넣고 두 번째 줄은 제품에 대한 설명을 넣는다. 그런데 제품에 대한 설명을 넣는 부분이 업체마다 거의 비슷하다. 무리도 아닌 것이 같은 키워드로 검색하면 같은 상품이 나오고 그에 따른 설명도 비슷한 것은 어찌 보면 당연한 결과이다. 그러다 보니 키워드를 검색하는 사람들 입장에서는 천편일률적인 내용에 피로를 느끼며 설명문구 자체가 눈에 들어오지도 않는다. 이때 차별화하기 위해 유행어를 활용하면 좋다.

예전에 사용했던 유행어 중에 "뿌잉뿌잉", "느낌 아니까", "그레잇 스튜핏"이라는 유행어를 활용한 적이 있다.

7장 홍보, 어떻게 할 것인가?

"홈페이지 제작은 홈피플랜에게 뿌잉뿌잉~~"
"홈페이지 제작은 홈피플랜에게 느낌 아니까~~"
"홈페이지 제작은 홈피플랜 그레잇~~"
실제로 설명문구를 변경하여 30% 방문율을 높인 적이 있었다.

포털에서 제공하는 옵션을 활용해 가성비를 높이는 방법도 있다. 그 중 키워드 노출 옵션은 필히 설정해둬야 한다. 키워드 광고 시 영업권이 벗어나는 시간이나 공간에서는 키워드 광고를 할 필요가 없다. 예를 들어 토요일, 일요일 또는 업무 외 시간에 광고를 할 필요가 없는 것이다. 또는 서울지역에서 사업을 하는 데 불필요하게 부산에 광고할 이유가 있겠는가? 이러한 이유 때문에 포털에서는 다양한 옵션을 제공한다. 그러기에 최대한 옵션을 활용하면 가성비를 높일 수 있다.

언급한 것이 많아 신경 쓸 것이 많을 것 같지만 처음에만 집중해서 신경 쓰면 이후로는 신경 쓸 부분이 거의 없다. 광고비 소진으로 인해 광고가 내려가는 것만 신경 쓰면 되기 때문에 키워드 광고만큼 효과적이고 손이 안가는 광고 채널도 없다. 전단지나 현수막처럼 디자인 작업을 할 필요도 없으며 붙이기 위해 별도의 노동할 할 필요도 없다. 그러기에 키워드 광고는 잘만 활용하면 최고의 마케팅 무기가 될 수 있다.

홍보전화 역으로 홍보하기 •

광고를 시작하게 되면 고객들에게만 노출되는 것이 마케팅 대행업체에게도 같이 노출이 된다. 그러다 보니 견적문의 전화뿐 아니라 광고전화까지 같이 받게 된다. 대행업체에서는 저렴하고 효과적인 키워드가 있다며 광고를 진행해보지 않겠냐고 광고 전화를 하는 것이다.

업무가 바쁘지 않을 때나 한가할 때엔 전화가 오면 그래도 받는 경우가 있다. 그러나 대부분 "계획 없습니다"라고 말하며 끊는 경우가 허다하다.

어떤 때는 불쾌하기까지 하다. 고객을 유치하기 위해 비용 들여 낸 광고를 왜 자신들의 홍보수단으로 활용하는지 화가 나기도 하는 것이 사실이다.

그러나 이 또한 역으로 잘 활용하면 나름 좋은 마케팅이 될 수 있다.

모든 광고 전화가 이에 해당하는 것은 아니다. 자신의 업무와 연계 가능한 광고업체인 경우 역으로 홍보를 할 수가 있다. 광고업체에서 "효과적인 키워드가 나왔습니다. 광고 진행해보시지 않겠습니까?"라는 광고 전화가 온다면 "감사합니다만 키워드 광고 확대에 대한 계획이 아직 없습니다. 추후에 계획이 생기면 연락 드리겠습니다. 그런데 우리 거래처 중 홈페이지 제작의뢰 한 경우에 광고를 같이 의뢰하는 경우가 있습니다. 그런데 우린 광고업체가 아니고 제작업체이다 보니 진행하지 않는데요 해당 업체를 소개해드리면 광고 진행해줄 수 있나요? 진행해줄 때 우리 쪽에 커미션을 주지 않으셔도 됩니다. 최대한 고객입장에서 진행만 해주시면 됩니다. 그리고 귀사의 홈페이지 제작문의가 있는 경우 우리 쪽에 소개해줄 수 있는지요. 서로 파트너쉽으로 윈-윈 했으면 하는데 가능할까요?"라고 말하면 대부분 수락한다.

이런 통화 이후 과연 통화대로 되고 효과는 있을까?

사실 우리는 광고대행업체에게 10개 업체 정도를 소개해주었고 광고대행사로부터 5건의 업체를 소개받고 그 중 1건은 계약을 했다. 전체적인 견적 문의와 계약 건을 비교하면 정말 미비한 수치이다. 그러나 이런 광고를 언급하는 이유는 이왕 받은 광고전화 역으로 광고하면 기분상할 이유 없고, 상대에게 불친절할 필요도 없으며, 작지만 광고효과를 볼 수 있기 때문에 언급하는 것이다.

사업을 하다 보면 매번 잘되고 매번 좋은 일만 있는 것이 아니다.

잘 안 되는 경우가 더 많고 좋지 않은 일이 더 많이 생긴다. 그러나 이를 어떤 관점에서 보느냐에 따라 180º 달라질 수 있다. 그러기에 부정적인 상황을 그대로 받아들이지 말고 나에게 이득이 되는 방향으로 고민한다면 틀림없이 전화위복의 기회로 만들 수 있을 것이다.

내 주위를 둘러보았더니 사업에 관심이 있는 사람들이 생각보다 많다라는 걸 알게 되었다. 대학졸업 후 무엇을 해야 하나 라는 막연함을 가지고 있는 학생, 미래에 대한 불투명 때문에 고민하는 청년, 회사가 맘에 들지 않아 그만두고 사업을 해야겠다는 직장인 등 상황만 조금씩 다를 뿐 사업에 대한 생각은 누구나 한번씩은 하는 것 같다.

사업에 관심 있는 사람들의 이야기를 막상 들어 보면 사업에 대한 너무 쉽게 생각하고 너무 낙관적으로 생각하며 사업에 대한 계획은 전혀 없다는 것을 알게 되었다. "나는 사업을 할거야"라는 말은 자신의 의지가 아닌 남들과 다르다는 것을 과시하기 위한 과시용 문구로 사용하는 경우가 대부분이었다.

그래도 나름 의지가 가지고 사업을 하려는 사람도 있지만 대부분 현실감이 떨어지는 아이템을 생각하는 경우가 많았다.

10년 가까이 사업을 해서일까 이러한 것들이 눈에 보이다 보니 지인에게 컨설팅 아닌 컨설팅을 하게 되었고 나의 조언이 지인에게 도움이 되는구나 라는 사실을 알게 되었다. 그러다 생각이 더 확장되어 "책을 통해 여러 사람들에게 도움을 주었으면 좋겠다"라는 생각이 들어 책을 집필하기로 마음을 먹었다.

이과출신에 글쓰기가 그 누구보다도 서투른 내가 책을 쓴다는 것은 큰 도전이었다. 지인에게 사업에 관한 내용을 말로 설명할 때는 부담 없이 쉽게 쉽게 설명할 수 있었지만 막상 글을 통해 전달하려 하니 말할 때와는 다른 무게감이 있었다.

글을 맺으며

그때마다 이 모양 저 모양으로 나에게 힘이 되어준 아내(전현미)에게 우선 감사를 전하고 싶다. 글이 잘 써지지 않을 때 심적으로 부담을 느낄 때마다 항상 옆에서 위로와 힘이 되어준 아내가 있었기에 마침표를 찍을 수 있었던 것 같다.

책을 집필해야겠다는 동기부터가 사업에 관한 모든 것을 알고 있는 것은 아니지만 내가 알고 있는 한도 내에서는 도움을 줘야겠다는 생각에서부터 시작된 것이다.

그러기에 막연하게 사업을 해봐야겠다는 사람, 사업을 곧 시작하려는 사람, 사업을 막 시작 한 사람이라면 책에서 언급한 나의 사례를 통해 조금이나마 도움이 되었으면 한다. 내가 저지른 실수를 하지 않고 내가 작게나마 성공했던 부분을 더욱더 크게 성공시켜 더욱더 큰 사업적 성취를 이루었으면 하는 바람이다.

부족한 글이지만 이렇게 끝까지 읽어주신 분들께 감사를 전하고 싶다.

이렇게 사업하면 절대 망하지 않는다

지은이 신철진

1판 1쇄 발행 2018년 8월 6일

저작권자 신철진

발행처 하움출판사
발행인 문현광
교 정 성슬기
디자인 강태연
주 소 광주광역시 남구 주월동 1257-4 3층 하움출판사
ISBN 979-11-88461-45-5

홈페이지 www.haum.kr
이메일 haum1000@naver.com

좋은 책을 만들겠습니다.
하움출판사는 독자 여러분의 의견에 항상 귀 기울이고 있습니다.

· 값은 표지에 있습니다.
· 파본은 구입처에서 교환해 드립니다.
· 이 책은 저작권법에 따라 보호받는 저작물이므로 무단전제와 무단복제를 금지하며, 이 책 내용
  의 전부 또는 일부를 이용하려면 반드시 저작권자와 하움출판사의 서면동의를 받아야합니다.